KB001444

롱고롱고 숲

롱고롱고 숲

초판 1쇄 인쇄일 2023년 5월 10일
초판 1쇄 발행일 2023년 5월 25일

글 | 최계선
본문·표지 | 이한나
편집팀 | 심은정
마케팅 | 김리하
펴낸이 | 권성자
펴낸곳 | 도서출판 아이북(임프린트/창이 있는 작가의 집)

주   소 | 04016 서울 마포구 희우정로 13길 10-10, 1F 도서출판 아이북
전   화 | 02-338-7813~7814
팩   스 | 02-6455-5994
출판등록번호 | 10-1953호 등록일자 2000년 4월 18일
이메일 | ibookpub@naver.com
Copyright ⓒ 최계선 2023 printed in seoul, korea

ISBN 979-11-90715-06-5   03810

값 12,000원

롱고롱고 숲

●

최계선 시집

창이 있는
작가의
집

차례

2부
열매행성

1부

숲의 연대기

숲에서 숲속으로

부득이 집을 나서네, 내 생각은
이끼 담요를 걸친 바위들과
길 없는 길을 막는 미끄덩한 통나무 숲을
무작정 헤집고 있다네
가을의 전설처럼 곰을 만나거나
의문의 목덜미가 끄잡혀 나뭇가지에 매달리더라도
칡덩굴 붙잡고 바둥바둥 힘써 볼 요량이니
그리 알고

걱정하지 말게나, 내 담당의인
개구리와 방아깨비 개미 가재 박새에게
원주민들에게, 내 고질병인
인간기피증과 부정적 견해에 대해서도
상담받을 예정이니

나중에 얘기 나눔세, 내가 무얼 찾고 있는지는
나도 잘 모르겠네, 뱀 허물에 코를 박고 넘어져
뭔 냄새를 맡을지도 모르지, 아무튼
몸 안의 내 껍질 뜯어내며 하염없이 다니고는 있으

니
이게 회피나 방편이 아님은 분명한 듯하네

숲에서 숲속으로
나무 뒤에 서 있는 나무로
자연의 순례자로, 나는
여행 다녀도 좋을 사람으로
남고 싶을 뿐이라네
소식 또 전함세

꽃을 흘리다

석탄에 찍힌
먼 지질시대의 꽃잎들이
벽난로 속에서 단풍 진다

흘러간 모든 시간이 지닌
서글픈 아름다움

봄의 아침보다는
가을의 오후가 친근한 이때에

바람도 굳이 어디로 가기 위해 부는 것도 아니니
소요逍遙의 길에서
굴뚝 흰 연기의 나무 잎으로 다시
꽃을 흘리며

태양의 숲

태양의 열기를 간직한 장작
불
폭발적으로 밝았다가 점차 사라질 초신성의
빛
손 내밀어 쬔다

나는 숲에 있다 들어서던 순간서부터
숲의 누군가가 나를 따라다닌다
허공에 떠 있는 한 쌍의 빛
감출 수 없는 어두운 눈알들
그게 아니어도 숲은 바람의 귀를 세워
나를 주시한다 정조준 당한 줄 알면서도
장작에서 튀어나온 불씨들이 별이 되는
사위어가는 밤의 하늘을
나는 바라본다

숲의 한쪽 구석에서 겨우 부싯돌이나 두드리던
사람들과 이제는 자리를 바꿔 앉은 나무들
도끼 문명이 만든 온혈 증기기관차가

햇빛에 머슴살이하는 파충류인 나를
동굴 속으로 실어 나른다

태양이 없었더라면 지금도 우주 미세먼지로 떠돌고
있을
　나 광합성 폐기물의 산소 들이키며
　나무에 기생해 사는 사람들이
　제 숲을 갈아치운다

태양의 모래바람도 인간의 흔적들을 빗자루질한다
날려 쌓인 흙 언덕에 파묻힌 나무
튀어나온 가지 팔에 앉은 까마귀가
이곳이 한때 인디언 전사들의 혼령이 말 달리던
숲이었음을 말해준다

나는 익숙한 건초 숲의 한가운데 있다
꿈의 무성한 잎들 아래
바스락거리는 소리가
숲의 침묵을 듣게 한다

말더듬이의 노래

혹등고래의 노래가
새들의 노래와 다르지 않고

드넓은 그들의 노래가
적막을 어루만져주기 위한
우리 삶의 배경음이 아니듯
그 소리가
구애인지 위협인지 포고인지 교란인지
둘만의 언약인지 위로인지
알 수 없지만

나는 그들 무대에 초대받은 적 없는
귀동냥꾼으로서
별 한 냥의 노래를
멀리서 희미하게 엿듣는다

노래로서
소멸 없는 우주로 번져나가는
소리 한 귀퉁이 붙들고

계단에 앉아
이제는 겨우 북이나 두드리는 노인이 되어서
제소리 나지 않는
말더듬이의 휘파람 분다

피리소리의 노래는
그간 얼마나 많이 멀어지고
또 사라져갔던가

랭보와 헤어지던 여름

하늘 들판에 민들레꽃 피고
또 여기저기 굉장한 꽃들 피어나
홀씨 흩어지고 있지

폭죽
바닷가에서 머문 하루부터가
축복이지
태평양 끝자락에서
반바지에 슬리퍼 끌고 다니면서
어슬렁거리는 게
축제지
그렇지 않겠어?
그림자만 빙빙 돌리는 태양으로부터
흐려져도 되고
느슨해져도 되니까
그래서 살맛 나니까
씨적씨적 꽃구경도 하고
짐작컨대의 연인들, 호래비, 과부, 초등동창들
내 멋대로 만들어내고 흘끔 보면서

쿵쿵거리면서 바다 특유의 암내와 바람

끼 슬슬 쐬면서

하루를 유留할 수 있다는 게

그게 은혜고 광명이고 만세지

긴 꼬리 끝에 붙은 불꽃 도화선

풀숲 사이를 빠져나가는 뱀처럼

쉬익~ 소리를 내며 빠르게

갱 막장 속을 파고들던 폭약은

폭죽과는 다르지

불을 훔친 도둑 랭보처럼

지옥으로의 질주 후

머지않아 폭발해 증발해버리지

야인의 삶마저도 비산시켜버리지

빛나지 않는 별은 결국 폭발하니까

그 빛에는 환호성 없지

모든 소리의 떠들썩한 침묵은

꽃 피지 않지

그게 폭약의 최후지

그게 내키지 않는다면
눅눅한 어둠에 불 붙이고
도망치듯 들고뛰면 되지
그러니 다르지
어슬렁어슬렁 꽃구경하는 것과는

하루를 하루같이 거居한다면
물론 그것도 나쁘지 않지만
나의 견자見者가 되든지
도인으로 오해받는 늙은 수염 밀어버리든지
적어도 무거운 그림자의 마당
배회해서는 안 되지
끌고 다니지는 말아야지
장화를 신으려거든 힘껏 끌어당겨야지
은둔의 유일한 명상 장소는 육신의 동굴이고
망상의 돌과 집착의 흙덩이로 쌓아 올린
아상我想의 벽 속에 갇힌 진아眞我를
끄집어내야 하니까
왜냐하면 권태는 끈질기고

수정은 동굴 속에서 가장 아름답고

하루는 민들레꽃이니까

그림자놀이

태양이 물고기를 잔뜩 몰고 와서
반짝거리는 연못에다가
나무도 제 비늘의 잎사귀 데리고 와서
구석구석 몸 씻기며 퍼득이는 이때가
아침이다, 싸리나무 잎 잔챙이 물고기들이
마당의 부추꽃밭서부터 호박꽃밭까지 떼지어 몰려
다니다가
개미집도 들여다보고
개구리 등에도 올라타고
잠자리 날개에 숨기도 하고
가지 열매 끝에서 미끄럼도 타고 놀다 보면
저녁이다, 나무의 그림자놀이가 끝날 때면
밤이다

그 밤은, 촛불을 둘러싸고 춤추던 인디언들의 야영
지
귀세운 개, 뿔난 도깨비, 여우, 오리가 뛰어다니던
바싹 마른 벽지꽃밭의
낡은 유년

그림자로는 그림자를 가릴 수 없거니와

제아무리 위대한 나무라 하더라도
가 닿을 수 없는
촛불 꺼진
찢어진 그늘

개구리밥

논에 물을 대면 개구리밥이 떠올랐다 뿌리도 떠올라서 부평초라고도 했는데 평소 삶이 덧없다고 노래를 부르던 그도 새벽안개 이불은 축축했던지 슬그머니 일어나 올갱이국밥 한술 뜨고 물꼬 트러 나가곤 했다

개구리밥이 떠오르면 개구리알도 떠올랐다 부침개 한 판의 방에 빼곡히 박힌 눈알들이 돌아누워도 눈알뿐인 눈알을 맞대고 가뭄이라든가 적어도 그런 흉흉한 근심 없이 옹알거리고 있었다

도롱뇽알은 논 도랑에 있었고 개울에서 물길을 튼 투명한 창자의 알주머니 안에는 순서를 기다리는 웜홀 여행자들이 줄 서 있었다

그런저런 개구리와 도롱뇽에 관심 없는 크로마뇽인이 불도저로 밀어버린 이쑤시개 숲에서 나무 한 그루 꺼내 허리 분지르던 저녁때면 그는 무당개구리가 돼서 돌아왔다

술잔에 뜬 개구리밥을 한쪽으로 걷어내며 얼굴이 벌
겋게 올라서는 '에혀 이눔의 인생' 한탄가를 부평초 타
령으로 돌리다가 꼬부랑 길을 길게 돌다가 올챙이들을
모아놓고 한 곡조 더 부르다가 개구리 다리를 찢어지
게 벌리고 잠들곤 했다

꽃물

마당 맨 앞자리에 핀 봉숭아꽃
뿌리지도 않은

꽃과 내가 닮기로는
뿌리를 모른다는 것인데

기왕에 벌어진 천민의 소소한 꽃잎이니
한 가마니 세월의 굵은 소금
맥반석 빻고
잎 찧고
가끔 분홍 보조개의 새들도 왔었으니
꽃도 넣고

찧고 빻고
방아깨비 어머니 무릎 옆에 앉아서
돌로 찧고 물로 빻고
꽃다운 그늘도 한때 있었으니
주름진 손톱이여 곱게 물들거라
칭칭 동여매고

봉숭아 잎만으로도

봉숭아꽃 색 흘러든다지만

그래도 제일 예쁜 꽃잎 몇 장 더 따다가

단풍들의 결혼

물구나무 서서 저녁 석양 바라보면
아침 노을이다 그럴 리 없겠지만

육십갑자의 갑을 되돌려 환갑에 들어
비슷한 또래의
해마다 찾아오던 45억 살 된 가을과 결혼하여
이제 겨우 홀애비 신세 면하나 싶었는데
산보 삼아 갑자를 두어 바퀴 더 돌다 와도

물구勿拘의 저 나무는
어디에도 얽매여 거리끼지 아니하는 안사람은
아직도 저렇게 단풍 진 채 그대로
손톱물 들이고 있으니

길을 나서면
새댁인 듯하여
길을 앞선 화동들이 흰 구름 조금씩 뜯어다가
우듬지에 뿌려줄 수밖에

낫을 갈 때가 아니다

길가 들국화꽃이 먼지를 뒤집어썼다
숲의 나무들 땅이 논밭이 되었고

경작지에서는 단일품종의 꽃이 피거나
꽃이 없는 열매가 제초 비 맞는다
잎사귀가 고개를 파고든다

계절을 묶어주던 다발꽃들의 들판이
없다 잡초(세상의 모든 꽃) 풍성한
향기롭던 대지가 마사토로 뒤덮이고
오래전에 죽은 조개껍데기의 석회 반죽과
썩은 나무에서 흘러나온 끈적한 타마구가
쩍쩍 달라붙는다 이 손으로
네 손의 두렁길 붙잡을 수도 없고
네게 건네줄 계절도 들길도 풀도 없다

지금은 낫을 갈 때가 아니다

고물상

전철로 출근하던 때도 있었다
열차가 곧 도착하면
일렬로 서 있던 자철광 부스러기들은
칸칸의 서랍 속으로 떠밀려 들어갔다

누가 떠밀지도 않았는데 떠밀려 들어갔다
골판지 두께의 맨틀 아래 막대자석을 따라
머리 쭈뼛 세우고
홀쭉하게 서서
현란한 터널의 자기장 안에서
선반작업 과정의 잉여물들은
제자리에 서서 빠르게 달려가고 있었다

대척점에 서 있는
누군지도 모르는 신발과 바닥을 맞대고
거꾸로 서서 졸다가도
다음 역에 내리실 분 안내방송에
　　　저요 저요
오른손을 높이 들고

손잡이를 꼭 붙들고
미처 따라오지 못한 옷가지 반쪽을 잡아당기며

지하철을 내려
지남철이 이끄는 대로

책상에 엎드린 채 종이에
그리운 꿈의 강줄기 그리다가
민달팽이 침 자국을 따라
모서리에 찢겨 반은 접힌 주머니를 걸치고
고물상을 향해
빠르게 달려가던 때도 있었다

양동이에 담긴 달빛 호수

호수는 이를테면 달빛 바람에 비늘 반짝거리는
한 마리의 물고기

바람이 얇은 비단을 옆으로 걷을 때
호수에 뜬 둥근 달은 이리저리 흔들거린다
잉어가 수염 난 커다란 입으로 달을 뜯어먹을 때
수면에는 동그란 물결이 뻐끔뻐끔 인다
달을 배경으로 하늘 날아가던 자전거처럼
소금쟁이도 페달 돌리며 달을 밟고 지나간다

이런 둥근 성체 밀떡의 보름달 아래서는
알몸의 정화의식이라도 치르고 싶다

곤충과 새들의 날개를 위해 불던 바람은
마당의 나뭇잎을 뒤집듯
계절을 한순간에 바꿔놓는다
마당의 건초들을 모조리 쓸어
한군데 모아놓고 빠져나간다

평소대로라면 시뻘겋게 달아오른 쇳덩이 식히느라
늘 칙칙거리는 소리로 요란했을
대장간의 물통 같던 내 머릿속도
지금은 잔잔하다
새들도 물고기를 닮아 떼지어 헤엄쳐 다닌다
내해 창문으로 보이던 파란 별만 깜빡거린다
풍경들도 어떤 기억을 품는다고 한다

호수 가까이 머리 숙여 본다
실상이라고 생각했던 실체에서 보지 못한 것들이
그림자를 통해 나타날 수도 있다

내 얼굴은 죄다 얼룩인데
양동이에 담긴 달빛 호수에서는
하얀 물고기 비늘이 찰랑거린다

무지개의 받침돌

광에서 괭이를 꺼낸다

비탈진 돌을 고르는 이 작은 텃밭이
세상을 들판으로 붙여놓는 땅이다
무지개의 받침돌이다

구절초 흰 나비들의 들판이
강 건너편에도 있다면
저 물방울 징검다리가 떠내려가지 않을 터인데

손이 흙에 닿으면
생각은 아주 단순하게 아름다워지기 마련이니
대패질조차도
나무가 향했던 결을 따라가면 매끄러우니

쟁기가 가는 대로
나는 따라가리라

따라간다

물 길으러
뒷산 계곡
숲길 간다

샘으로 가는 이 길은
사람이 낸 게 아니다
샘을 찾은 것도
내가 아니다

숲의 주인들이 오가며 들르던
옹달샘
숲길을
나는 따라갈 뿐이다

박새

부리로 밭 일구는 동안
바람에 날아갔던 수건이 괭이를 들고 돌아와
밭고랑을 낸다, 헐렁한 저 사내는
목에 두른 땀을 앞발로 쓸어내릴 때마다
꼬리도 친다, 내게 무한 매력을 느낀 것도
꽁지깃의 살랑대는 그 미소도 알 것 같다

신성한 노동에서 부려지는
땅속 벌레들, 성 지렁이의 발현,
네가 아직 근접치 못한 계절의 씨앗들,
비와 바람이 심어놓은 일용할 양식들,
부리로 밭 일구는 내내
괜한 땀을 닦으며 바라보던 네게
나는 아주 흐뭇한 쉼표가 되었겠지

일하는 동안, 서로의 곁에서
땅을 바라보는 동안, 서로를 지켜주며
지켜보고 기다릴 줄 아는
정인이 되고도 싶었겠지

벌써부터 그리운

화덕 같은 서쪽 하늘의 구름 때문인지
어디서 타는 냄새가 난다

흰 연기는 어둑해도 잘 보인다
하늘과 연관된 무형의 형상들—형색으로부터 자유
로운 구름, 지팡이 끝으로 더듬는 안개, 빨랫줄에 널린
흰 광목천의 귀신, 목마른 사랑에 목매단 신들—에는
확실히 어떤 애매한 존재감이 있긴 하다

쑥이 탄다
탄다기보다는 피어오르는 쑥 연기에서는
침 바른 연필심에서 묻어나는
석탄기 시대의 젖은 나무 맛 같은
아득한 향내가 난다

사위어가는 불씨에 입김 가깝게 불면
되살아나는, 벌써부터 그리운
눈물 콧물의 당신 향기

늑대의 후예

시냇물 건너편 산자락에 개 한 마리 산다
개는 산에 붙들려 매여있다

내 기억으로는 산의 소작농인 개 주인은
하루나 이틀에 밥을 들고 온다
공물은 개가 받아먹는다
    밥옴
    굶음
담백 깔끔한 조공관리대장 장부에
마른번개 같은 이상기후 날씨 기록은 없다

오래전에 산을 떠난 늑대는 이제 겨우 산자락에 산
다
떠나지 못할 줄 알면서도 헤어짐은 늘 준비한다

농막에 내가 가면(오면?) 개는 짖는다
달도 밤도 아닌데 동네 처녀가 멱을 감는다
입에서 흘러내리는 비누 거품의 외로움이 산을 덮는
다

답은 꼬박꼬박 해준다

　　　어 그래 나 왔어

　　　밥은 먹었어?

　　　심심하지?

개는 더 크게 크게 짖는다

매미도 개구리도 산새들도 시무룩하다

잠자리도 고춧대 막대기로 조심 내려앉는다

안개가 산자락을 덮었을 때에도

햇살이 감당치 못할 정도로 맑았을 때에도

봄·여름·나비·가을·겨울 중

나비의 계절에도

개는

나만 보면

무겁게

무겁게

짖는다

개꿈이어도 좋다

왼쪽으로 웅크린 새우잠이
흰긴수염고래로 눈뜬다, 입을 쩍 벌린 채
이불 걷어차며 대양을 마음껏 헤엄치던
밤이 가져온 커다란 변신은
꿈이, 소심한 이에게 준 자신감이었거나
절망한 자가 드러눕기에 좋은
고래 뱃속의 바다였는지도 모른다
차라리 속 편한

꿈속에서는 모든 것이 꿈만 같고
이곳과는 아주 멀리 동떨어진 생각,
물개발을 차며 해저동굴을 탐사하는
까만 피부의 고무인간이
고래 숨의 공기방울을 보글거린다
나여도 좋고
개꿈이어도 좋다

주전자 수증기에 가려진
나를 둘러싼 무질서한 것들—

커피잔, 꽁초, 필기도구, 읽다 덮은 책들, 파지,
책상 위의 모든 것들은
의자 위의 나보다는 안정적인 자세를 하고 있다
현실은 언제나 저 모양이다

철학자들이 그토록 좋아하는 존재
그래서 책상은 어디에 놓여 있지 않고
이 방에 존재한다
존재할 뿐, 별 의미는 없다
새로운 얘기도 아니다

그게 나, 나라고 지명되는 나의 나는
이불 속에서
앞발만 문지방에 걸쳐놓은 개처럼 엎드려
따가운 아침 햇살의 눈꺼풀 내린다
나는 나와 이 느낌을 공유하지 않는다
불이 꺼지고, 영사막에는
나 혼자서만 보는 필름이 다시 돌아간다

숲이 나를 허락한다면

인간의 시선이 숲에 닿으면 그때부터 여지없이 들려온 도끼 소리

하여 숲은 딸꾹 숨 감추고, 모든 생명이 무용無用이 되어서, 곁눈의 바람도 나뭇잎 뒤에 숨어서, 소리도 화석 틈으로 스며든 채, 나무는, 나무들끼리 속삭인다 '기운 내, 자루는 우리 편이잖아'*

숲이 숲이었을 때에는

낙엽이 다람쥐 뛰어가는 소리 들려주고, 나무가 딱따구리 소리 들려주고, 잎사귀가 도토리 떨어지는 소리 들려주고, 하늘이 밤 까는 소리 들려주고, 꽃이 나비의 팔랑 소리 들려주고, 바람이 새의 날개 소리 들려준다

숲이 숲이었을 때
숲이 나를 허락한다면
그러니까 내가 숲에서 먼지 일으키지 않고 바위로만 앉아 있다면
그리하여 나도 숲의 무언가가 된다면

지렁이 흙 들썩이는 소리, 송충이 잎 갉아먹는 소리, 하늘소 나무 오르는 소리, 잠자리 눈알 굴리는 소리, 개미 가위질하는 소리, 지네 돌 건너가는 소리, 벌 꽃술 파고드는 소리, 나비 대롱입 펴는 소리, 뱀 허물 벗는 소리, 거미 실 짜는 소리,
　내 귀에도 들려오지 않을까

　숲의 안부
　숲의 소식 그리고
　숲의 스승들이 나누는 아주 일상적인 대화
　그런 숲의 속삭임
　나도 들을 수 있지 않을까
　숲이 나를 허락한다면

_____

* 러시아 속담

오랑우탄

오랑우탄은 '숲에 사는 사람'이란 뜻

사람들은 누구나 늙어지면
오랑우탄이 되고 싶어 한다

호루라기 새

고목 나무 목구멍에 살던 새가
요즘은 조용한 기라
소리로부터 자가격리에 들어간 것인데
노란 부리 새끼들도 부쩍 커서 둥지를 떠난 후부터
는
식욕도 없는 기라
속이 빈 독거의 통나무에
찐득한 가래만 누렇게 들러붙던 그즈음에

호루라기 새장 속의 붕알만한 새도
신경질 나게 울기 시작한 기라
외로웠던지 있는 대로 부풀린 볼따구 바람을
다 토해내고 있는 기라
눈알이 튀어나올 지경으로 벌겋게
풍선 주둥이가 재랄을 떨고 있는 기라

목구멍을 화통에 뚫어놓고
무궁화호 철길에 앉아 끄억끄억 울게 만들던 저 소
리가

찢어지게 들리는 기라
축구장을 뛰어다니기도 했고
무너진 강변도로 입구에 서 있기도 했고
시위대를 따라 걷기도 했고
조교의 구령에 발맞추기도 했고
엉뚱한 도둑의 밤을 쫓아가기도 했고
터널 안 둥지를 지날 때마다 홰를 치던 저 호루라기
새가
오늘은 주거 단지 안에서 울고 있는 기라

불이 났나? 강도가 들었나? 통금이 발효됐나?
이상도 해서 바깥을 들여다볼까도 했지만
구찮은 기라 그러거나 말거나
호루라기 새는 그 소리 하나로
무엇이든 멈추게 걷게 뛰게 만들고
쫑긋거리게 기웃거리게 했지만
아무 일 없이 무시하면 구경거리일 뿐인 기라

시끄러운데 조용한 기라

고목 나무 빈속의 세월만큼이나
목구멍에 붙어사는 새도 혹시 녹슬지는 않았을까
이참에 걱정도 들어
확인차 음!음! 소리도 내보고 그러는 기라

얼음폭포

겨울의 유독 긴 혀가 발등까지 내려왔다
혀가 몸의 전부였거나
입이 너무 작은 겨울

얼음, 강물은 흐를 때가 제격이다
폭포, 얌전치 못한 나비들이 팔랑거린다
절벽, 거기까지가 겨울의 수목한계선
봄은 조금 더 아래쪽에서 흐른다

송곳 신발을 신고 얼음 밭에서 곡괭이질해대는
사람들, 멀리서 보면
겨울에 달라붙어 오도가도 못하는
지난 계절의 단풍잎 같기도 하고
혀에 낀 백태 같기도 하다

얼음기둥의 강물처럼
절벽에서는 뒤돌아보지 말 것
거기는 아직 소돔의 성벽

후회로 추억으로 성찰로 또는 미련으로
뒤돌아보는 일이
형벌에 처해질 금기는 아니어도
단지 그 지경의 환락
마음의 중심을 등 뒤 세속에 두지 말라는
냉냉한 겨울의 경고장

알면서도, 그게 나인 줄 알면서도
나를 따라다니는 그림자 속의 절벽
절망에 미행당하고 있는 것 같다는 느낌에
자꾸만 뒤를 돌아보는
이 겨울의 의구심

굴절

방수 시대니까
방수 카메라를 계곡 물에 담그고
나는 나를 찍는다
이건 꽤 재미있는 놀이다

돌을 끼고 이렁저렁 흐르는 물이
렌즈에 끼인 필터인 셈인데
물살이 이미 내 얼굴 찌그려놓고 있을 터인데
물속 카메라를 향해
웃어도 보고
인상도 써보고
엄숙도 떨어보고
볼때기를 땡겨도 보고
카메라 앞에서
재롱을 떨며
나는 나를 찍는다
어떻게 찍혔을지 꽤 궁금하기도 하다

귀가 사막여우처럼 클 수도

눈이 악어처럼 위아래로 찢어졌을 수도
코가 별코두더지처럼 엽기적일 수도
이마에 주홍 낙인이 찍혔을 수도
시각 시각 광대일 수도
유령 해골 좀비들의 할로윈일 수도 있다
새삼스런 몰골도 아니다

수면은
풀잎 곤충을 물속에서 사냥하는 물총물고기와
물고기를 하늘에서 사냥하는 물총새가
거쳐야 하는 다른 세계의 문

일치되지 않는
물 속에서 본 물 밖과
물 밖에서 본 물 속
눈에 보이는 그 자리에는
아무것도 없을 수 있고
아무것이 있을 수 없고
있고 없고의 대수롭지 않음

수면 굴절로 인해
헛것들을 보고 있거나
초점을 잃은 채로
서로 다른 세상을 가깝게
아주 멀리 들여다보고 있거나

물 속 카메라를 보며
냇물이 혼잣말로 떠들건 말건
가재가 어이없게 째려보건 말건
별 재랄을 다 떨며
나는 나를 찍는다
물物 속에서
욕欲의 갈증에 시달리는
방수 자아의 시대니까

구름책

나무의 무성한 잎 틈바구니로
하늘 올려다보면
나무의 수많은 가르침이 상형문자로 적힌
구름책
만날 수 있다

하늘 가장 앞자리에 자리 잡은 거미가
바람이 넘기는 책갈피 한 장
한 장
다리 뻗고 읽고 있다

2부

열매행성

꽃연 날리다

연꽃 줄기 꺾으면
그 안에서
실 나온다

실 길게 이으면
연 날릴 수도 있겠다

꽃연이 되겠지

헛꽃

붉게 물든 구름쯤은 수박통 안에도 있지
저녁이 되기도 했고
가을인 것이야
한가위 이따만한 수박을 여러 개의 그믐달로 쪼개서
하나씩 갉아먹다 보면
망월의 씨앗들이 굴러다니지

작년이었겠지 오물오물 내뱉은 구름 속의 돌
몸의 분화구로부터 달까지 쏘아 날려 보낸
그래봤자 요 앞마당의 우주에서
싹이 트고 줄기 뻗더니 놀랍게도
수박꽃이 핀 것이야
헛꽃이었지 내가 본 것은
열매를 맺지 않으면서
열매를 위해 핀 헛꽃

들판의 우거진 바람에 꽃 소식 전하며
여기 향기의 숲 흘려보내며
어서 오라고

뭉게뭉게 핀 꽃

천지의 발아發芽였지
세상의 고운 색들 모두 모아 터트리며
너를 위해
내 마지막 꿈을 물들이던
헛꽃이 피었던 것이야

수박

그때까지만 해도 사랑만큼은 떨어질 수 없는 탯줄
태어나면서부터 연인의 이름이 문신 된 배꼽을
부끄럼 없이 드러내고 손을 동여매고
과수원 밭을 뒹굴기도 했다

사랑 아니면 죽음을 달라던 네 패러디의 외침대로
한 손에는 쟁반을 한 손에는 칼을 들고
한때 뜨겁던 여름의 전희쾌감을 맛보기 위해 너를
우물가로 데려간다
사랑의 절정기로부터 떨어진 꼭지를 물속에 담근다

수박은 푸름의 상징으로 열린 지구본
껍데기에는 한때 푸르렀던 강과 대지의 기억이 새겨
져 있다

변치 않고 사랑의 언약을 품고 있는지
겉으로는 알 수 없는 노크를 몇 번 한다
시뻘겋게 들끓던 마그마 반죽의 맨틀에서
욕망의 찌꺼기가 범벅된 건더기를 휘젓던 주걱에서

바닥을 긁는 궁기의 막다른 소리가 난다
속이 썩었거나 덜 여물었다

노 젓는다 낡은 노예 등가죽에 새겨진
대항해 시대의 지도를 보며 한 세대를 건넌다
문명의 채찍 자국은 쓰라리다
배의 맨 아래 칸 문신은 어둡다
벌어진 선체 틈 사이로 아주 하찮은 별이 움트기도
하지만
여기가 어디쯤인지는 가늠할 수 없다
지구를 이쪽저쪽으로 돌려가며 사방에서 나를 찾는
다

서리 내린 그믐밤
제 까까머리 통보다 크게 열린 과수원 수박
서리하던 어릴 적 친구들
얼굴 생각나지 않는다

씨 없는 수박에는

과거뿐 아니라
미래란 것도 없다

수박을 버뮤다 삼각지대만큼 도려내서
껍데기에 달라붙은 흐물흐물한 오늘의 향유享有를
한 입 베어먹는다

참외

북이 울리니 노 저어야겠다
진군의 북이 울리니
죽음의 바다로
북소리에 맞춰
노 저어 나가야겠다

사슬 꾸러미에 꿰인 노예들
줄줄이 여문 건장한 씨앗들
누구는 바람 부니 살아봐야겠고
누구는 그나마 바다와의 승전 소식에
먼 대륙의 땅을 밟고
까만 손에 하얀 솜털 날리며
목화씨 따야겠다

그때까지
노 저어야겠다 북이 울리니
둥둥 떠내려가는 참외

옥수수

옥수수 수염은
옥수수 알갱이 갯수와 똑같다
옥수수 수염 한 뿌리마다에는
옥수수 열매 한 알씩 매달려있는 것이다

옥수수 한 토시 겹겹의 이불 속에는
옥수수 식구들이 나란히 누워 있다
옥수수 형제들은 반드시 짝수열로 줄 맞춰
옥수수 하모니카 분다

옥수수 대궁은 아메리카 인디언들 가족이고
옥수수 밭은 마야인들 마을이고
옥수수 낱알 한 광주리는
옥수수 뻥 튀겨나가는 강냉이 우주

옥수수

물까치가 파먹다 남긴 옥수수는
내가 뜯어 먹는다

애벌레도 그렇고
하늘의 누군가가
나무와 땅의 누군가가 입 댄 과일은
맛있는 과일이다

옥수수 한 알 심어 한 토시 열렸고
그중의 반 정도는 얻어먹고 있으니

이게 가을이렷다

복숭아

복숭아 나무를 심어놓은 이래
물주기 외에는 내가 한 게 아무것도 없다
(물주기는 의외로 꽤 부듯한 일이다)

비탈진 땅뙈기는 보기 좋게 자그마하지만
하늘 평수는 제법 넉넉한 편이어서
가지치기는 할 것도 없고 그렇다 보니
마음 아픈 진액의 눈물
볼 일도 없고
     열리든지 말든지
내가 복숭아에 환장치 않은 덕에
여러 매듭의 꼬물이 애벌레들 구멍 뚫고
기차놀이에 신이 났고
     파먹든지 말든지
그냥 냅두는 게 장기인데다가
게으른 늘보까지 달라붙은 나는
연분홍 꽃잎이 바람결 따라 흩날릴 때
     여기가 도원이군
마루에 앉아 흥얼 내다본 것 외에는

한 게 없다

올 복숭아는 간밤의 드센 바람이 다 따놓았다
구름 속의 번개 전쟁도 끝났고
앞산에는 화살 없는 무지개 활이 걸쳐있다

복사나무 땅 안에 흐드러지게 널린
복숭아 향
광주리에 몇 개 주워 담는다
수북하다

그게 한 이슬의 밤이고 아침

거미의 아침 과일이
거미줄에 열린 이슬이듯

모든 열매 안에는
개울과 텃밭과 구름과 햇살의
만유万有가 있으니

이제 어디 빈 곳
빈 하늘 어디에
슬슬 자리 잡아서

그게 달이 되었건
타이탄 유로파 이오가 되었건 간에
위성도 한 방울의 이슬이고
행성 항성 은하 은하군 은하단 모두
포도알이니 우주의 열매들이니
나무에 열린 구름이니
방사 거미줄에 맺힌 이슬이니

수탉 풍향계가 울지도 않고
수평계 달린 나침반 바늘이 위아래로 출렁거리는 진
북의 한가운데가
훨쩍 개인 태풍의 눈일 수도 있고
거대질량 빛 덩어리인 블랙홀일 수도 있지만

그게 한 이슬의 밤이고 아침이니
똘똘 말린 껍질은 거미줄에 매달려
뱅글뱅글 돌아가고 있을 터이니

이제 어디 한적한 곳에 슬슬 자리 잡아서
싹 틔우고
줄기 뻗고

삭사이와만

바위로 공기놀이하던 고대인들 거인들 외계인들, 셋 중의 하나가, 하나였던 셋이, 도저히 따분했던 어느 날 개울 돌 장난하듯 만들어 놓은 거석문화.

돌도끼 선조들의 자갈 놀이 중에 태양의 제국 잉카에는 삭사이와만이 남아있다.

모양과 무게가 제각각인 화강암 돌 하나하나를 어디서 어찌 옮겨와 햇살 한 틈 없는 블록쌓기로 성벽 올렸는지는 꿍꿍 수수께끼다.

돌을 진흙처럼 주물렀을까?

엄청난 크기의 저 돌도 한 줌 한 줌의 돌, 주워 붙인 돌, 한 바구니로 옮겨진 돌, 주물러서 모양도 맘대로 척척, 어렵지도 힘들지도 않고, 외눈박이 거인도 필요 없고, 플레이아데스인*의 자문 안 받아도 되고, 그렇다 치고

돌은 어떻게 반죽했을까?

외계의 도움이라던가, 전해지지 않는 기술이라던가, 불의 손이라던가, 그런 성의 없는 답 말고는 북미 인디언들과 담배 필 수밖에 없다. 그들은 인류 최고의 현인이었고 성자였고 구름이었으니, 물렁물렁한 돌에 대해서는 너도 모르고 나도 모르니, 내 말이 해괴해도 망측하다 할 수 없고 네 말이 괴상해도 야릇하다 할 수 없고, 답도 없고 억지 추측뿐이니, 돌도끼 후손들이 알기로는

돌을 으깨서 반죽할 수 있는 건 시간뿐인데

태양의 제련소 삭사이와만, 잉카의 놀이터에는 소인국의 성벽만 남아 단절된 문명의 제단 언덕 위에 돌꽃으로 피어 있다.

---

* 외계의 한 종족

데린쿠유

도망간 닭을 쫓아 들어갔다가 발견된, 3천 년 전에 파인, 지하 8층 85미터 깊이에 2만 명이 살던, 곡물창고·식당·학교·예배당·농장·마구간·감옥까지, 없는 게 없었던, 햇빛만이 없었던, 지하도시 데린쿠유.

침입자로부터는 안전하였으나 햇빛을 보지 못하여 25세의 평균수명으로 500년간 이어진 지하세계의 문명.

이쯤에서 햇살 한 올 풀어야겠지?
태양을 가슴에 얹고 냇물 곁에 누워
물잠자리 하늘도 쳐다보고
그을려 허물 벗겨진 어깨 껍질
구름에 겹쳐보기도 하고

올멕 두상

뚱한 표정의 거대한 머리
고무인간이란 뜻의 올멕
두상

조각된 머리는 둥글고 단단한 돌대가리인데
발굴된 머리는 길쭉길쭉 늘려진 고무대가리

무엇을 보았길래
장두형의 머리가 아름답다거나 지적이다고 생각한
것일까
그곳의 거인들 뼈는 누구이며 어디로 또 사라진 것
일까
우리가 아는 것은 대체 뭐가 있을까

메소아메리카 최초의 문명
의문투성이의 고무인간들

롱고롱고 시

이 세상 어떤 문자와도 상관관계가 없는 상형문자
이스터섬에서 사용했다고 추정되는 문자
로제타석과도 같은 원주민들의 전멸로 끝내 해독되
지 않은 문자
'우리들의 말은 잊히고 아무도 읽을 수 없게 될 것이
다' 예언이 남겨졌다는 목판 문자
롱고롱고 문자

　　모든 새들이 물고기와 교미했네
　　그리고 그곳에서 해가 태어났네

만물 창조의 노래가 적혔다는 지팡이
해석이 맞는지 아닌지도 알 수 없고
아무도
아무것도
아는 것이 없는
(이 얼마나 근사한가)
롱고롱고 문자

무지의 경지
백치의 백지
불가지의 신비여

산호로 만들어진 퀭한 눈의 모아이 석상
눈은 가루되어 날리고
이스터섬에 살던 모아이인들
볼 수 없어
읽을 수 없는

되돌아가지 않은 발자국

눈밭에 외계의 문자들이 널려있다
하늘에서 떨어진 세 발자국도 있고
땅을 질질 끌고 다닌 네 발자국도 있다
발자국을 밟고 쓴 쌍자음 발자국도 있다
설형문자를 닮은 눈밭의 저 전언이
한번 들으면 잊힐 리 없는 음산한 예언이라면
해독되지 않는 것도 좋으리라

허공 어딘가에서 뭉쳐진 눈이
만사태평인 나비와는 아주 다른
새들의 불안한 발자국을 한곳에 모아놓았다
여기서 부족들 간의 모임이 있었거나
모여서 어떤 냉담한 결정을 내렸거나
흔적 없는 일들을 벌였거나 어쨌거나
저 깃털 없는 눈밭의 난해한 주석서를
읽을 길이 없다

 서로 다른 시간대에서 방문했을지도 모를 여러 발자
국이

한 곳에서 어울릴 수 있는지도 알 수 없다

눈 덮인 길도 알 길 없고
되돌아가지 않은 뒤엉킨 발자국들이 녹아내리면
어디 하늘로
어디 땅속으로 날아갈지
그 또한 알 길이 없다

아는 것 아무것도 없는데
알 길도 없다

과거의 망령이 나를 쳐다본다

저게 나였어 한때의 나
은하수 담배 폼나게 꼬나물고
산 하늘 구름을 배경으로 애매한 미소 날린

사진도 시간여행이라 하지
쟤가 나를 쳐다보거나
내가 쟤를 째려보거나
그놈이 그놈으로 보이지 않는
늙어질 때까지의 속절없는 시간이란 것이
노새 등에 상자를 올리거나
막대기에 짐 보따리를 묶는 시간여행자와는 달리
그리 만만치도 가볍지도 않은 것인데
골치 딱딱 아프고 이해도 안 되는데

가장 아름다운 나비의 유년도
가장 징그러운 애벌레로 꿈틀거리긴 했지만
저놈을 저 때 시원하게 밟아 뭉개버렸더라면
지금의 이놈은 누구였을 것이며
그랬더라면 지금처럼 빠르게 넘긴 사진첩의

서랍 속에 처박혀 있지도 않았을 텐데

　가슴 궤짝엔 담배 연기만 가득하고

　(파리는 의외로 거울 속 파리를 무시하고 거울 위를
매끄럽게 잘도 걸어다닌다)

　그래도 어찌 보면 저 화상이 나이에 딱 맞게 철딱지
없긴 했어도

　누구나 그렇듯 순진하기도 했거니와

　허세 덩어리의 이놈이 잃어버린 것을 저놈이 갖고
있으니

　마냥 외면할 수도 없는 노릇이고

　이 사진

　버릴까 말까

공중보행자

얼핏 비닐봉지가 푸득대는줄 알았지
바람보다 빠르게 봉고차 안에서 봤을 때는
하늘에 부딪혀 죽은 새들이라고는 생각지 못했지
투명한 방음벽 아래 새들의 날개는 죽어있었지

차 소리도 새 소리도 시끄러워 아침잠 설친다던 그
들은 원 풀었지
이젠 더 이상 인디언 아이의 영혼이 깃든 새들 지저
귀지 않고
하늘의 실개천 얼어붙었으니
새들의 머리 쓰다듬다 가련하게 잠든 시인의 잠꼬대
같은 소리나 듣게 되겠지
죽음은 산 자들의 눈에만 보이는 것이니
산 채로 죽은 그들은 해빙된 처마의 물방울들 끝내
볼 수 없겠지

(죽음이란 게 원래는 불투명한 안개지만, 더듬거려도 내 손끝 안 보이는 두려움이지만, 투명한 귀신들은 벽을 오가며 허공 떠다니며, 어쩌다 브라운관의 장대비 속에서나 나타났다가 간섭 줄무늬 홀로그램의 버그로 사라질 오류니까, 그러니까 우리가 보고 있는 이 정규적 현상은 새 소리와 시끄럽다를 결합시킨 해괴한 이승 사람들과 새들의 하늘을 교묘하게 분할시킨 저승 사자들로 인해 먹이사슬과는 아무런 상관없는 죽음을 계속해서 널어놓는다)

하늘이 괴괴 고요하다
모든 소리의 지배자인 침묵이
침묵을 둘러싼 고요가
고요하면 할수록 바싹 세워지는 귀가
흙으로부터 멀리 떨어져 사는 공중보행자들의 유령 도시에서
검게 포장된 비닐봉지를 뒤집어쓰고
모래알 하나 튀지 않는 빗소리 듣는다

꿩 먹고 알 먹으면

멸종이지

횡재橫財는 횡재橫災를 낳고

잿더미 숲을 뒤집는 바람

낳고
품을
꿩도
알도
없다
다

사원
불씨

멸종의 역피라미드

멸종위협(NT)
독수리 뱀상어 수달 재규어 아메리카들소 갈기늑대큰바다사자 안경원숭이 황소상어
히말라야독수리 청새치 모래고양이 아프리카표범 수염수리

멸종취약(VU)
눈표범 눈다랑어 바다이구아나 백상아리 북극곰 참수리 사자
향유고래 판다 흰올빼미 북방물개 넓적부리황새

멸종위기(EN)
대왕쥐가오리 호랑이 남방참다랑어 두루미
고래상어 저어새 갈라파고스펭귄

멸종위급(CR)
침팬지 붉은늑대 천산갑
아무르표범

절멸위기
인류

단일종으로써

폭발적으로 지구를 덮었고

폭력적으로 지구를 깨트린

인류는

이제 곧 한 방에 훅 날아갈

절멸위기에 처했다

개체수 부족 때문이 아니라

과잉포화

탐욕

무지 때문이다

탑을 무너뜨리다

아무렇게나
그러나 아무렇게나 널브러져 있어야 할
돌들이
길을 따라
층층탑으로 쌓여있다
돌들이
층층길을 앞서 올라간다

돌들을 올려 쌓은
저 많은 소망의 계단들
(여기서 절망은 뭘 해야 할지)

그런데 그 돌들은
땅속 누군가에게는
한 가족의 지붕이고
더 바랄 것 없는 구름인데

바람처럼 살랑살랑 걸어야 할 길 위에서
돌을 들고

기꺼이 돌을 나르며
층층이
길을 앞선 돌들이
앞선 소망의 어깨를 밟고 올라서며
하늘로
하늘로만 걸어간다

소라게

서랍에서 깡통 소리가 난다
골목 집시들 하나둘 나타나고
플라멩코 구두 소리가 뒤따라 들린다
몇 달째 잠들지 못한 태양의 백야에는
사물들의 그림자도 희뿌옇다

서랍이 덜그럭거린다 나오려 애쓰는
혼자서 부딪치는 소리는
북 치고 장구 치는 약장수이거나
수다스런 갑오징어의 뼈다 상처 많은
서랍도 태양을 넣어두는 밤의 껍데기다

껍데기는 알몸의 추억을 들려준다
추억의 껍데기만 남은 이 나이에
혼자서 바닷가 걷는다 소라가
미련 없이 벗어던진 껍데기의 바닷가

맨발로 걷다가
내륙 깊숙한 곳에 난파된 생각의 끄나풀들

걷어차다가
모래에서 튀어나온 돌
유리병 조각의 맑고 투명한 돌
있는 힘껏 바다로 집어 던지고
대신 주워 온 소라 껍데기

추억의 서랍을 열고 귀 기울인다
차오르던 파도 소리는 들리지 않고
달팽이 귓속의 서랍에서는
깡통 소리만 울린다

화적패한테 집을 통째로 도적질 당한
소라게가
소라 껍데기 대신
알루미늄 콜라캔 뒤집어쓰고
넝마 바닷속 걷는다
깡통게가
귓속에서 걸어다닌다

돌연사박물관

자연사박물관에
자연사한 동물은 없다

린넨 헝겊의 낡은 미라들이 말을 타고
재미 삼아 숲속을 뛰어다닐 때부터
세상은 편치 않았다 퀭한 눈으로
가족을 지켜야 했고 숨어지내야 했다
위엄은 가질수록 더 위험하기만 했고
   사자는 갈기 색
   사슴은 뿔 크기
   코끼리는 어금니 길이
   펭귄은 부리 두께
권위는 곧잘 표적이 되었다

수렵의 역사는 그대로다
수정본은 없고 증보판만 있다

목에 가랑가랑 달라붙은 숨
목숨은 방부처리 되었고

느닷없이 죽은 모피를 걸친 인형들은
박물관으로 호송되었다

눈을 부릅뜨고 잠든 박제들은
천적관계도 가족관계도 없이
한 지붕 아래서 어울려 지낸다
애기곰은 너무 귀엽게 잘 꼬매졌다

자연사한 동물은
자연사박물관으로 오지 않는다

녹슨 말

생각해보니 생각나지 않는다
집 밖으로 나가본 게 언제였는지
말을 해본 게 언제였는지

침묵과는 다른
말줄임표의 징검다리 위에서

다정한 얘기들이 그립고
따뜻한 눈빛들을 나누고 싶기도 해
녹슨 말의 경첩 문을 열고
너희들 만나러

숲으로 간다

벌의 날

춤추는 빛의 무덤을 찾아야만 했다
상자를 영원히 봉인키 위해서는 판도라의 검은 구슬
에 얽힌 비밀을 풀어야만 했다
툼레이더 영화는 그렇게 잘 끝났고 그녀의 활약 덕
에 인류는 대재앙의 위기에서 가까스로 벗어났다
바다는 신화 속으로 가라앉았다

벌의 날을 맞아
안젤리나 졸리가
온몸에 벌을 뒤집어쓰고 찍은 사진이 있다
알몸 가슴에 흰 드레스만을 걸친 채
벌이 찾아오도록
삼 일 전부터 몸도 씻지 않고 페로몬 바르고
벌의 이로움을 알리고 보호를 호소하는 취지에서

은막의 여왕답게
은혜의 날개를 달고

벌집 쑤시다

꿀의 향기 없는 집에서 흘러나온 밀랍 아기들은
장차 도적떼들이 될 것이다

말벌이 집 공사를 막 시작한 듯
기둥구멍으로 한두 마리 들락거리고
　　　여긴 내 어머니 자주 머무시는 곳이니
　　　다른 데 알아보셔
작대기로 벌집 쑤셨더니
새까만 말벌들이
새까맣게 몰려나와 달라붙는다

머리에 세 방 쏘였다
화끈화끈
어질어질
정신도 울퉁불퉁

전리품으로 머리가죽 벗기기의 시작은
백인들이었다 인디언이 아니다
잘못 기록된 역사의 피해자는 아이들이다

지금 그것보다 더 급한 문제는
내 머리 껍질에 칼 쑤셔 넣는
똥침 독의 통증이다

머리카락 한 올 한 올 삐죽하고
한쪽 눈도 감겨오고
입안은 버석거리고
증오의 액즙 한 방울
고스란히 전달된다

벌집 쑤시다 말
확실히 이해했다
건드려서는 안 될 것들이 있고
건드리더라도 뭔가는 준비해야 한다

망치를 든 남자

그 말벌 무리의 한 마리
말벌 전사
또 만났다
비 내리면
비 새는
처마
수리차 올라간 지붕 위에서

마주친 정찰벌
내 머리 두어 바퀴 살피다
간

벌도
자기를 해코지한 놈의 얼굴은
똑똑히 기억한다고 했다

난
벌들로부터 더 이상
벌 받고 싶지 않다

구면이었더라면
전처럼 새까맣게 몰려들었더라면
난
오갈 데 없는 지붕 위에서
망치를 들고
이리 들뛰고 저리 휘젓다가
굴러떨어졌을

난
양철지붕 위의 고양이도
양철북 두드리던 지붕 위의 소년도 아니다
어린왕자도 아니고
바이올린과는 아무 상관도 없는
지붕 위의

난
망치를 든 남자
내 머리를 벌집 낸
나도 너를 잊지 않고

가을 오면
태양의 날개 서리맞을 무렵이면
애벌레들로 방 방 가득할 도적소굴
연꽃 연밥과 모양만 닮은
밀랍 말벌집
똑 따다가
개미집 앞에 놓아줄

난
뒤끝 있는 남자

구상번개

눈싸움은 놀이고
인간을 두고 벌이는 신들의 싸움은
불의 전쟁

토르의 번갯불
땅으로 내려꽂히지 않고
하늘 한곳에서 뭉쳐진 채로
시퍼렇게 둥글거리는
구상번개

번개 일면 보통은 밤과 낮이 대비되지만
번개의 흰 뼈 보이지 않는
저 불덩이 하늘은
밤의 계곡 공동묘지를 굴러다니던
도깨비불과는 다른 그 무엇
번개 범람의 번개 협곡
서늘함은 느껴지지 않고

두려움 같은 것

번개로 만든 삼지창과 칼
신의 이름으로 벌어진 전쟁과 형벌
거룩한 이름
신전은 신도들끼리만 서로를 떠받드는 지성소
신의 이름을 더럽힌 사제
제단에 엎드린 그들에게는 없는 용서와 자비
그런 말씀은 경전 속에 덮어둔 채
껍데기에 손 얹고 말하는 진실

진실은 말하여지거나 기록되지 않고
모래 위에 쓰여지는 법
견딜 수 없는 뜨거움의
그 무엇도 녹여 흘리는 얼음의 눈물
하여 바다의 한 줌 혀로
핥아 지워버릴 수밖에 없는 슬픔

내가 아는 농부의 하늘은
세상의 이치와 법칙
의지함의 대상

가뭄에는 비
결실에는 햇살 같은 것

오 홀리데이
신의 지붕 아래서 이제는
첨탑 위의 피뢰침부터 철거해야 할 때

넝마와 들꽃

마루 아래는
은신하기 좋은 곳

고양이 집 한 채 자재 구하러
쓰레기 더미 뒤지고 다닌 후

기어들어 갔으니
기어 나오기 마련인
내 몸의 일부
들락거리던 신발 밑창의 마루에
잠시 걸터앉아

뒤돌아보니
넝마주이가 걷던 길의 들꽃들
유난히 환했었고

길거리가
내팽겨쳐진 퇴폐와 몰락의 소굴이 아니듯

길거리서 주워 온 궁기의 자재이긴 해도
집이 넝마여서는 안 되니

꽃송이 담요 입에 물고
다시 마루 밑으로

천상의 나비들

눈은
눈처럼
똑같이 생긴 눈이
하나도 없다

똑같이 생긴 나무도 없고
돌도 없고
붕어빵도 없고
쌍둥이도 없고
없는 것도 없다

결국 찾던 구절이 그것이었나
여러 경전을 뒤적거리며 그렇게
위로받고 싶었나 무채無彩의 탈색된 죽음을
흰색도 없는
순수 무색의 눈발로 날리고 싶었나

없는 것도 없이는 아무것도 없는 것이고
없는 것 없이는 아무거나 다 있는 것이니까

그러니까 햇빛 날개 들추며
지상의 축복으로 새롭게 내려앉는
똑같은 것도 없는 눈은
없는 것도 없는 눈은
모든 한 생명의
천상의 나비들

박주가리 시

요정은 그리 오래 사는 편이 아니어서
손바닥에서 금방 사라졌다
하얀 우산을 쓰고 내리던 눈이
꽃 없는 계절에 핀 흰 꽃이 하도 이쁘길래
쓰다듬어주려 했을 뿐이었는데
이내 잠들더니 동화의 나라로 가버렸다

눈의 요정이 다녀간 후
지붕 위의 박주가리 요정이 터져 나왔다
꼬리에 음표 하나씩 매달고
바람의 악보로 날아다니고 있었다
이제 곧 큰 잔치 마당을 펼칠 모양인데
어깨너머 동네가 들썩거릴 듯했다

겨울이 왔어요
요정들의 전갈을 들고 마을로 내려간다
이 정도 길이라면 4분음표로도 충분히 걷겠다
멀리 날아갔던 나비반 아이들 따라가서
손잡고 노래할 수도 있겠다

말로는 압축된 씨앗들의 리듬 옮기기 힘들지만
말은 말끝마다 콧방귀나 뀌는 당나귀만큼 신뢰할 수
없지만
깃털 요정들이 눈을 찡긋거리며 날아다니는
이 바람의 방목지 안에서는
느낌만으로도 춤출 수 있겠다

앞산 이마의 눈이 녹아내려 방울질 때까지
느려터지게 박을 타다가
이미지와 리듬과 압축의 요소들을 갖춰
여행 시를 쓸 수도 있겠다

빙판길

폭이 제법 넓은 개울을 걸어서 건너간다. 겨울의 두께를 다 갖추지 못한 빙판은 빙어만큼 투명하고 깨끗하다. 애쓰지 않더라도 물 속은 들여다보인다. 바닥 자갈 틈으로는 아직 겨울 자리를 잡지 못한 물고기들도 느릿느릿 보인다.

빙판에서 우르릉 천둥소리가 난다. 발밑에서 쩌저적 번개가 친다. 번개와 천둥 사이의 간격이 그리 길지 않다.

얼음은 밖에서부터 언다. 수심이 깊으면 얼음도 얇다. 이대로라면 나는 무너져내리거나 떨어지는 소리와 함께 몸이 반쯤 잠긴 상태에서 양손을 길게 뻗고 무엇이든 붙잡아보려고 버둥거리고 있을 것이다. 겨울나기가 그렇듯, 누군가 충고했듯이

여기서는 되돌아 멀리 돌아가는 길이 가장 빠른 길이다.

나무인간의 염불

빙어 올라오지 않는다. 내 구멍에서만 그렇다. 귀찮은 구더기 미끼 없는 빈 바늘이니, 빈 것을 허공에 드리운 맹탕이니.

얼음 호수 아래쪽으로는 거미 낚싯줄이, 위쪽으로는 내 잔가지 팔이 이렁저렁한다. 이 동작은 인형극에 쓰이는 마리오네트가 계속해서 손짓만 보내는 것으로도 보인다. 반복의 중복, 나무인간과 똑같이 무대 위에서 팔을 움직이는 조정자 또한 혼자서 그림자놀이 한다.

그러니까 이 구멍에서는 아무거나 걸림 없이 흘러간다. 의식의 통제로부터 벗어난 달리·미로·마그리트의 초현실적 태도가 나를 여기 유로파에 던져놓았다. 목성의 얼음 위성에서, 얼음 구멍 뚫고, 나는 얼음낚시 한다.

그런데 정말로 무언가가 그렇다면, 그건 지금껏 누구도 본 적 없는, 발광해파리를 닮은, 심해아귀를 닮은, 아무것도 닮지 않은 것을 닮은, 나를 닮은, 이상한 그 무엇일 것이다.

　빛이 아주 잠깐 깜박였고, 인류가 생겨났다 사라질
동안의 짬 낚시, 터 주변은 온통 구멍이다. 크고 작은
운석 흔적들의 곰보 행성에서, 사람들은 깊이를 알 수
없는 각자의 구멍을 들여다보며, 빙어 비늘에서 튕겨
나올 무지개를 기다린다.

　빅뱅의 순간에, 1/수천억×수천억 초의 시간에, 그러
니까 그냥 순식간에, 우리가 생각하는 동굴 크기의 우
주가 만들어졌다고 치면, 그 안에, 엄청나게 압축된 수
천억 개의 은하들이 모여 있다고 치면, 거기서 보는 빛
은 마주함으로 당황스러울까, 눈부심으로 황홀할까.

　멀리 내다볼수록 먼 과거는 가깝게 들여다보이는 것
인데, 입자 파문의 출렁이는 물결 위에서 (시공간과 에
너지만 존재했고 물질이 전혀 없던 빅뱅 이전의 시간,
그 시간도 시간이라 할 수 있을까?) 나를 움직이게 하
는 것은, 형체 없는 따분한 신의 나무인간 조정자가 아

니라, 실패에 감긴 어떤 구체적인 실 가닥일 것이다. 문제의 실마리일 것이다. 그러니까 가끔은 땅을 밟지 않고도, 인형처럼, 물 위 허공에 오래도록 서 있을 수 있는 것이다.

　그런데 나는 도대체 뭐가 뭔지 모를, 끝내 알 수도 없을 이런 생각들로, 구멍만 잔뜩 널린 낚시터에 나무인간으로 앉아, 대체 뭘 하고 있는 것일까. 여기서 내가 드릴 염불은 나무…… 무엇일까.

3부

달마를 마중하다

달마를 마중하다

진흙으로 빚은 숯가마 찜질방 안에
참나무 크기의 베어진 사람들이
차곡차곡 앉아 있다

땀 뻘뻘 흘리며
그들이 토굴에서 가부좌 틀고 앉은 까닭은
쉽게 썩지 않고 불씨도 오래 가는 신심의
참나무와도 같은
참나를 찾기 위함이 아니라
불가마 속으로 떠밀려 들어가 노릇노릇 구워지다가
불구덩이를 빠져나온 진흙 도자기 단지에
허연 잿가루로 쓸어 담기는 빗자루질을
받아들일 수 없기 때문이다

진흙으로 빚은 진흙의 방 안에는
땀 흘리는 진흙이
그리고 진흙의 마당에는
달마를 마중 나온 참나무들이
차곡차곡 쌓여 있다

수의에는 주머니가 없다

수의壽衣에는 주머니가 없다죠
재물이야 살아있을 때의 것들이니

주머니를 즐겨 찾는 내 손은
주머니 속의 허공을
주물럭주물럭 만지죠

빈 주머니는
넘침에 대한 여백의 승리이기도 하죠

몸 안에 주머니를 찬 아주머니와
몸 안에 씨를 품은 아저씨
그들 모두 죽어지면 입을

몸이 들려주는 얘기들

사람은 늙을수록 귀가 커진다죠
키는 줄어드는데 귀는 늘어나고
눈은 가까운 곳보다 멀리 있는 게 잘 보이고
최근의 기억들은 가물거리는데
오래된 것들은 또렷이 되살아나고
머리카락은 관 속에 누워서도 계속 자라난다죠

도대체 무슨 얘기들을 하고 있는 건가요

내 몸의 조상들

 딸꾹질은 우리 조상들이 한때 물고기였을 때 공기흡입을 병행하던 흔적이라 하고

 소름은 털이 많았던 조상들의 섬모반응이라 하고

 수면움찔현상은 조상들이 포식자를 피해 나무 위에서 살았던 잔재현상이라 하고 (우리의 모든 불행은 나무를 외면하면서부터 시작되었다)

 구름을 보며 모양을 찾는 변상증은 주변 환경에서 형체를 빨리 인식해야 하는 인간 진화단계의 천적에 대비한 반응이라 한다.

 과거에 겪어 본 듯한 느낌의 기시감도 있다. 인간의 뇌 용량을 급작스레 늘린 결과라 하는데 (누가 그랬지?) 이런 비합리적 본능, 직감, 느낌은 원시적 동물본능과 연결되어 있다고 한다.

 무릎을 치면 날아가는 반사적 본능의 발길질은 그리

먼 조상부터 시작된 것은 아닌 듯하고 (손톱으로 칠판 긁는 소리는 인간 반응의 최악의 소리다)

　어느 날이 별로 새롭지도 않은 어느 날, 나는 그때처럼, 새로 싹 튼 돌나물 이파리를, 소를 바라보며, 내가 내 조상이었던 때를 되새김질하며, 질겅질겅 씹는다.

할머니에게 젖을 물리다

할머니가
빈 유모차를 밀며
공원 거닐고 있다

기저귀 또래의 할머니가
빈 유모차를 달래며
자장자장 거닐고 있다

흰 눈썹의 색은 눈보라

가끔 눈썹이 가려울 때가 있죠
그건 눈썹에 이가 생겨서가 아니고
털뿌리가 늙어간단 얘기죠

늙고 늙어 눈썹 하얘져도
흰 눈의 그 눈보라 세월
지겹다고
족집게로 족족 뽑아버리지 마시고

가려우면 그냥
긁으세요

비듬

한 달 가까이 시체 곁에서 지냈다 아무렇지도 않게 누워서 앉아서 먹고 보던 내 곁에 시체들이 널려 있다

나를 떠난 한때의 나였던 먼지들—어깨 위에 떨어진 기억들, 뽑혀 나간 머리카락의 망념妄念들, 한가로이 깎인 손톱들—그 모든 내 비듬들

연기緣起에 따라 나는 나를 죽이면서 아무렇지도 않게 다시 태어난다 진리가 그렇듯 내가 나를 모르겠는 것은 자연스럽다 내가 싫을 때면 죽어라 때를 밀고 물 바가지 끼얹으면 그만이다

때들이 떠내려가기 전에 일러준 현관문의 비밀번호를 누르고 내 딸들과 포옹하고 어제 갔던 길을 다시 걸어간다

거실에 흩어져 있던 내 시체들을 큰맘 먹고 치우기로 한다 밤낮의 암막 커튼을 걷는다 퇴적층이 뽀얗다 먼지를 쓸어 담는 빗자루가 먼지를 일으킨다

그동안 하수구로 떠내려간 내 비듬은 몇 명이었을까

이런 하해와도 같은

내 몸의 모든 통로
콧구멍서부터 털구멍까지
숭숭 뚫린 헝겊 구멍의
내 껍질로

사과꽃 하얀 길을 지나온 바람이
휙 지나간다

유심唯心

고고학자들은 유물 때문에 묘지를 찾는다

　　괜히 왔다 간다
　　― 중광(스님)

이 비석의 묘지에
그들이 찾는 것은 없다

턱 턱 턱

해골 빤빤하게 쓰다듬는데
이 아저씨
흡족하신지
입이 헤~~ 벌어지고
흥분하셨는지
턱뼈 떨어져 나가고

턱뼈 주워
꿰맞추며
턱 턱 턱
    된 거 같소?
    이 양반 아무 말도 안 하니
    알 턱 없고
딱 딱 딱
    이빨 잘 부딪치니
    내 보기엔 잘 맞춰진 것 같소만

턱주가리 손바닥으로 올려 쳐서
제자리 돌려놨건만

(해골의 눈은 허공만을 바라본다
해골의 입은 공허하게 떨어진다
위아래는 비슷한데
앞뒤는 잘 안 맞는다)
이 아저씨
아직 할 말 많으신지
자꾸만 벌어지는
턱 턱 턱

의자가 있는 풍경

마당을 순식간에 가로질러 간
개구리와 뱀

그리고 풍경은 다시 액자

오후

의자를 집어 들고
액자 속으로 자리 옮긴

오후

경중이와 쉭쉭이가 지나간
지금 시간의 의자는
담배 파이프가 있는 반 고흐의 의자와
두 권의 책이 있는 폴 고갱의 의자 중
하나

태양의 연못

연밥 안의 연꽃 씨
천 년 후에도 싹 틔우고
꽃 피운다는
연꽃

　　진흙에서 나왔으나 더러움에 물들지 않고
　　맑고 출렁이는 물에 씻겼으나 요염하지 않고
　　속은 비었으나 겉은 곧고
　　덩굴지지도 않고 가지를 치지도 않은 채
　　향기가 멀리 퍼질수록 더욱 청아하다.
　　　　— 주돈이, 「애련설愛蓮說」

이제염오離諸染汚*
불여악구不與惡俱**

연꽃으로 그늘진
연못

---

* 연꽃은 진흙탕에서 자라지만 진흙에 물들지 않는다.
** 연꽃잎 위에는 한 방울의 물도 오래 머물지 않는다.

한글세대를 위한 불교

마루에 앉아 앞산 즐겨 본다
이때의 내 상태를 이르자면

무념무상
즉, 다시 말하자면
멍~~~~~~ 때리다

소나무인지 잣나무인지
산이 울창하여
마음 둘 곳 모르겠네

공즉시색 색즉시공
즉, 다시 말하자면
그게~~~~~~ 그거다

빗소리

여전히 마루에 앉았는데
비 내린다

깻잎에 떨어지는 빗소리는 깨꿍깨꿍
개구리 이마에 떨어지는 빗소리는 퍽퍽퍼퍽
연못에 떨어지는 빗소리는 쏭쏭퐁퐁
돌멩이에 떨어지는 빗소리는 따닥따닥
신발에 떨어지는 빗소리는 질질질질
다 마신 주전자에 떨어지는 빗소리는 똑 똑
양계장 지붕에 떨어지는 빗소리는 다다다닭

심심의 극치
씰데없는 소리 그만하고
방에 들어가 허리나 펴자 으라차차

시소

혼자서 놀 수 없는
시소seesaw 놀이

보다의 현재형 see는 공중이고
보다의 과거형 saw는 땅바닥이고

내려갔다
올라갔다

보이는 것은 그럭저럭 허깨비고
본 것만이 실체이고

올라갔다
내려갔다

눈앞의 당신은 현재의 꿈이거나
과거에 떠났던 그 모습이거나

내려갔다

올라갔다

현재는 순식간에 옛이야기 되고
과거만이 이어지고

올라갔다
내려갔다

올라가서 둘러보면
내려와서 안보이고

내려갔다
올라갔다

널빤지에 올라서도 안보이고
널뛰기해도 마찬가지고

올라갔다
내려갔다

무승자박無繩自縛*
제법실상諸法實相**

내려갔다
올라갔다

당신은 대체 어디로 간 것인지
여긴 또 어딘지

올라갔다
내려갔다

순례의 본산

모래알 하나가 내 걸음 신경 쓰이게 하더니
모래알 하나가 나를 길에서 빗겨 앉히고
모래알 하나가 구두를 벗기더니
모래알 하나가 구두를 탁탁 털어낸다

일어나 엉덩이에 묻은 모래알 털어내고
내려가 손에 묻은 먼지 개울 씻어내고
올라와 바지에 달라붙은 도깨비바늘 뜯어내고

다시 걷는 길
이 모든 오고감의 시작은 모래알 하나
이 모든 순례의 끝 또한

일갈

길 안내판이 바닥에 누워 있다
아무데로나 간다

시적시적은 너무 정갈하고
스적스적은 8자로 맴도는 것 같고
해서 내가 즐겨 쓰는 말은
사색적이고 동양철학적인
여유와 풍류와 한량의
느긋하면서도
뭔가 있어 보이는
씨적씨적

씨적씨적 걷는데
까마귀가 가래침 뱉으며 지나간다 카아아악!

신발 벗는 걸 깜빡했네

나무를 만들어낸 우주의 봄
계곡 너른 바위에
그냥 펑퍼짐 앉아 있었지뭐야
거기가 법당인 줄도 모르고

보리

대추가 열렸길래 대추나무를 알아보았다
내 눈에는 다 그 나무가 그 나무여서
사과가 열리면 사과나무고
복숭아 열리면 복숭아나무다

하늘이 얼마만큼 익었는지
그간 열매만 보았던 것인데
떨떠름한 이건 보리수나무란다
대추방울토마토처럼 생긴 이 열매 이름은
보리수가 아니고
보리도 아니고
그냥 보리수열매란다
보리수열매가 열리면 보리수나무다

그는 스님이 되었다 이름을 버리고
대추스님 방울스님 토마토스님이 되었다
나무들이 집을 둘러싸고 있던
그도 한때는 뼈대 있는 가문이었다

치렁치렁한 번뇌의 머리칼 빡빡 밀고

그가 절간 문 연 까닭은

수행자의 길을 걷겠다는 뜻도 있었겠지만

발그스름한 세속의 열매 유혹에 자신 없어서일 수도 있다

보름과 그믐 전날의 삭발 의식은

그들의 달맞이 놀이일 수도 있다

내 알 바 아닌 것들이고

그나저나 그나와 저나의 나무 아래 흩어져 있는 보리알들

석가의 보리, 깨달음은

나무로부터 왔을까

열매로부터 왔을까

화답

낮은 궁륭의 뒷산
덜꿩나무를 흔드는
들꿩 소리

화답으로는

마당
빗자루 쓰는 소리

알몸으로 구름 덮다

키 낮은 풀들로만 가득한 바람의 평원

낮음이 그들의 품성인 풀들과
무굴제국으로부터 말 달려온 야생의 바람이 만났으
니
이곳에서는 감출 것도 없고

벌러덩 하늘
참으로 오랜만이구나

내 시야에 이토록 넓은 여백을 마련하고
자 지금부터는
낯선 행성의 둘리
개집 지붕 위의 스누피
주먹으로 눈물 훔치며 뛰어가는 독고탁
구름의 만화책을 시작해보자

여기 니 말고 또 누가 있디?

함박눈 너무 좋아!
구름을 막 뿌려주잖아.
소나기 너무 좋아!
시원하게 씻겨주잖아.
꽃은 다 좋아!
머리삔 너무 이쁘잖아.
나비가 꽃을 왜 좋아하는 줄 아니?
친구니까.

니들은 안 좋니?
세상이 온통 다 이쁘고 이뻐서
난 좋아 죽갔는디.
춤추고 싶진 않니?

근데 니들은 왜 날 미친년이라 부르니?

그 미소에 길을 잃다

이슬걷이 풀밭 거닐다
대자연의 미소에 홀려
까르르륵~ 길 잃었는데
걱정이 없다
혹시
걱정도 잃어버렸을까?

오랑우탄-시인과 야생의 기억

우찬제(문학비평가·서강대 교수)

1. 롱고롱고 숲과 자연의 순례자

"나무에 기생해 사는 사람들이/ 제 숲을 갈아치운다"(「태양의 숲」). 죽비소리처럼 묵시의 언어가 다가온다. 최계선의 여섯 번째 시집 『롱고롱고 숲』은 지구라는 행성을 장악한 호모 사피엔스에게 건네는 준엄한 경고의 메시지를 웅숭깊게 전한다. 진지한 성찰의 세목이 돋보이면서도 지구 행성의 사정과 우주의 기미들을 차분하게, 때로는 위트 있고 유머러스한 역설로, 풀어 보인다. 인류의 허황한 욕망에 휘둘려 많은 숲이 훼손되고 공기는 점점 희박해졌다. 기후는 매우 과격하게 널뛴다. 빙하와 영구동토층이 빠른 속도로 녹아 해수면이 점점 상승한다. 이로 인해 실존의 기반을 위협받는 곳들이 많아졌다. 숲과 산, 바다와 물의 지각변동으로 지구 행성 위의 여러 생물종이 이미 사라졌거나 멸종의 위협에 처해있다. 그 절멸위기에서 인류 역시 자유롭지 않다. 인류의

'도끼 문명'에 의해 장악된 지구촌은 어느덧 열매를 맺기는커녕 새싹의 움을 틔우기도 쉽지 않은 지경이 되고 말았다.

시인은 이런 지구 행성의 현실에 대한 깊은 성찰의 심연에서 생태학적 상상력을 그물질한다. 인간이란 동물이 이런 위기에 빠지게 된 핵심 원인으로 최계선은 만유(萬有)와 더불어 살던 야생의 기억으로부터 멀어진 사태를 주목한다. 거대한 문명을 파천황처럼 일으키고자 했던 개발의 엄청난 가속도에 휘둘리면서 야생의 자연적 삶을 벗어난 이후, 그러니까 이른바 인류세(Anthropocene)의 과격한 전개 이후, 지구 행성은 생명의 궤도를 심하게 이탈한 것이 아닐까, 생각하는 것 같다. 잃어버린 야생의 기억을 되살리기 위해 시인은 야생의 풍경을 다각적으로 점묘하면서 풍경의 기억을 통해 야생의 감각을 회복하는 어떤 계기를 마련할 수 있기를 희구한다. 그러기 위해 그는 '롱고롱고 숲'이라는 화두를 제시하고, 그 숲에서 자연의 순례자가 되는 감각의 실존을 제안한다.

롱고롱고 숲은 어디에 있는가? 혹은 왜 롱고롱고 숲인가? 잃어버린 야생, 잃어버린 숲을 얘기할 때 먼저 떠오르는 섬이 있다. 칠레 서쪽 남태평양 상에 있는 이스터 섬(Easter Island)이 바로 그곳이다. 그 섬의 원주민이 쓴 것으로 추정되는 롱고롱고 문자(Rongorongo Script)는 인더스문명 시절 오랫동안 사용된 파키스탄 동부 하라파(Harappa)의 인더스 문자, 헝가리에서 발견된 로혼치 사본(Rohonc Codex) 문자, 이집트에서 발견된 라이버 린테우스(Liber Linteus)의 로마 공화정 수립 이전에 사용된 에트루리아(Etruria) 문자 등과 더불어 인류가 아직 해독하지 못한 신비로운 문자에 속한다.

이스터섬의 모아이(moai, 돌하루방)와 함께 롱고롱고 문자는 거의 수수께끼에 가깝다. 그 섬의 숲에 있던 나무판에 새겼던 롱고롱고 문자도, 그 문자의 사용자도, 그 문자를 새겼던 나무숲도 모두 어느 순간 사라졌다. 여전히 세계 전역의 인류학자들이 많은 토론이 진행되는 사안이지만, 이스터섬에 나무가 베어지고 숲이 사라진 이유 중의 하나는 거대한 모아이를 만드는 과정에서 나무를 많이 베었기 때문이라는 설이 있다. 현존하는 887구의 모아이 중 가장 큰 석상은 약 12미터 높이에 거의 100톤에 달할 정도로 어마어마하다. 이 모아이는 바다 쪽이 아니라 사람들이 있는 대륙 쪽을 응시하고 있는데, 통나무 컨베이어 벨트에 이 거대한 돌을 실어 초원지대를 가로질러 옮겼다고 전해진다. 그러니 모아이가 생겨날 때마다 삼림지대의 나무들은 가혹한 도끼질을 면하기 어려웠을 터이다.

어쩌자고 '작은 사람'이 그토록 '큰 석상'을 만들었을

까? 나무와 숲에 의지해 사는 줄도 모르고 "제 숲을 갈아
치"웠을까? 이런 질문을 하면서 시인 최계선은 우리를
'롱고롱고 숲'으로 초대한다. 아직 숲이었던 시절, 그 야
생의 기억을 환기하기 위해 "숲에서 숲속으로", 그 깊은
자연의 순례길을 함께해보자고 제안한다.

> 숲에서 숲속으로
> 나무 뒤에 서 있는 나무로
> 자연의 순례자로, 나는
> 여행 다녀도 좋을 사람으로
> 남고 싶을 뿐이라네
> ─「숲에서 숲속으로」 4연

최계선은 등단 초기부터 나무와 더불어 살기를 좋아
했던 '자연의 순례자'였다. 가령 「나무에 기대다」에서
"나무가 꽃 피운 열매들, 떨어진 잎사귀들을/ 다시 제 몸
으로 걷어들여 꽃 피운 향기들,/ 그러한 나무에 온갖 것
들을 기대고 살고 싶은/ 나무 아닌 나"(『저녁의 첼로』, 민
음사, 1993, p.12) 같은 부분에서 명확히 확인할 수 있거
니와, 그런 성정은 이제 더욱 깊어진 것 같다. 그야말로
자연스러운 일이다. 「숲에서 숲속으로」에서 숲은 단순한
배경이나 주어진 환경이 아니다. '숲에서 숲속으로'라고

굳이 '숲속'을 강조한 것은 숲과 인간의 분리를 넘어서기 위함이다. 숲을 배경 삼아 멋진 사진을 찍어대던 인간 중심적 사고에서 멀찌감치 비켜나 있다. 숲속에서 인간은 숲의 한 분자가 되어 다른 무수한 분자들과 같이 호흡하고 스며든다.

이 자연의 순례자는 숲속으로 들어가기 전에 숲과 나무들에 고해를 먼저 단행한다.「숲이 나를 허락한다면」에서 시인은 무엇보다 "인간의 시선이 숲에 닿으면 그때부터 여지없이 들려온 도끼 소리"부터 반성한다. 인류의 도끼 문명이 성장할 때 "숲은 딸꾹 숨 감추고, 모든 생명이 무용無用이 되어서, 곁눈의 바람도 나뭇잎 뒤에 숨어서, 소리도 화석 틈으로 스며"들 수밖에 없었음에 유감을 표한다. 그러면서 아직 "숲이 숲이었을 때"의 야생의 기억을 풍경처럼 환기한다. "낙엽이 다람쥐 뛰어가는 소리 들려주고, 나무가 딱따구리 소리 들려주고, 잎사귀가 도토리 떨어지는 소리 들려주고, 하늘이 밤 까는 소리 들려주고, 꽃이 나비의 팔랑 소리 들려주고, 바람이 새의 날개 소리 들려준다". 그런 야생의 기억을 반추하면서 "숲이 나를 허락"하여 "나도 숲의 무언가가 된다면" 이런 자연의 소리를 경청할 수 있지 않을까 소망한다. "지렁이 흙 들썩이는 소리, 송충이 잎 갉아먹는 소리, 하늘소 나무 오르는 소리, 잠자리 눈알 굴리는 소리, 개미 가위질하는

소리, 지네 돌 건너가는 소리, 벌 꽃술 파고드는 소리, 나
비 대롱입 펴는 소리, 뱀 허물 벗는 소리, 거미 실 짜는 소
리". 그러니까 도끼를 들지 않은 이 작은 자연의 순례자
는 "숲의 무언가"가 되고 싶은 것이다. 숲을 대상화, 타자
화하지 않고 숲과의 상호주체성을 획득하기를 소망한다.
아니 더욱 겸손하게 숲의 스승들을 섬길 준비가 되어 있
다. 그래야 숲의 오케스트라에 동참할 수 있겠기 때문이
다.

> 숲의 안부
> 숲의 소식 그리고
> 숲의 스승들이 나누는 아주 일상적인 대화
> 그런 숲의 속삭임
> 나도 들을 수 있지 않을까
> 숲이 나를 허락한다면
> ─「숲이 나를 허락한다면」 4연

2. 오랑우탄의 구름책

숲의 오케스트라에 동참할 준비가 되어 있는 시인은
'숲에 사는 사람'이란 뜻의 '오랑우탄'이 되고 싶어 한다.
그는 "사람들은 누구나 늙어지면/ 오랑우탄이 되고 싶

어 한다"(「오랑우탄」)라고 적지만, 실제로 이 진술은 사실이 아닐 수도 있다. 누구나 그렇지는 않다. 어쨌거나 최계선은 특별한 오랑우탄에 속할 것 같다. 1986년 『세계의 문학』 가을호에 「모래 시계와 시」 등 5편을 발표하면서 등단한 그는 첫 시집 『검은 지층』(세계사, 1990) 시절부터 이미 숲을 그리워한 시인이었다.

어린 시절부터 우주 천문학에 매료되었던 그는 지금 여기의 장소를 넘어서 광활한 공간(space)과 우주(universe)의 큰 질서(cosmos)를 탐문하기 위한 시적 상상력을 펼쳤다. 그에게 나와 지구, 우주는 유기적으로 연결되어 회통하는 큰 에너지의 공간이다. "지구의 껍질을/ 五大洋/ 六大洲로,/ 내 몸의 내장을/ 五臟/ 六腑로/ 나누듯이"(「대륙은 떠다닌다」, pp.11~12) 같은 시구에서 보듯이 지구와 내 몸을 흥미롭게 겹쳐 투시했다. 또 막장에 들어가서는 "석탄기의 지층/ 울창했던 숲속의 시대"(「막장」, p.13)를 감각했다. 현상의 심연에 적층된 오래된 기억을 헤아리는데 장기를 보였다. 사막과 모래 이미지가 많이 나오는 것도 오래된 야생의 기억과 관련된 사무치는 안타까움 때문이다. "한때 바다였던 이곳에/ 한때 밀림이었던 이곳에/ 그리고 번창한 교회와/ 점차 사막으로 변해가는 이곳에 불어닥치는/ 대륙의 건조한 바람./ 사막이 확장된다."(「사막」, p.20). 현상적 사막이 아니라고 하더라도 문명의 거리는 점차로 생명을 잃어가고 있음을 시인은 날카롭게 직관했다. "애완용 짐승기계들이/ 줄지어 탄생하는 시간에/ 지렁이 한 마리 태어나지 않는/ 문명의 거리를"(「장대비」, p.25) 같은 부분에서 확인할 수 있듯이, 인류세에 대한 자각은 초기부터 분명했던 것으로 보인다. 지금, 여기의 현상이 안타까우면 안타까울수록 시인은 "유성들의 생성과 소멸에 관한/ 스토리"(「문 턱」, p.48)를 탐색하며 질문한다. "밖의 세계에는 무엇이 있겠습니까"(「담」, p.49). 우주적 철리에 대한 관심은 소우주인 '나'를 찾는 화두 풀이와 종종 이어진다.

특히 두 번째 시집 『저녁의 첼로』(민음사, 1993)를 들으며 "참나의 눈"(「사과」, p.28)으로 시공간을 성찰하며 진리의 지평을 응시했다. 「먼 시간 속으로의 발걸음」에서 시사하는 바 최계선의 존재론적 관심은 "잊혀진 시대의 전설 속"이거나 "사라진 시대의 풀잎 속"(p.15)이었는데, 그 또한 우주의 이치 가운데 나를 찾기 위함이었다. 「테크노피아 사막」에서 "흙을 밟아본 게 언제였는지도 모르"는 "그런 유령의 세월" 동안 "떠도는 나를 바라볼 시간도 없"었음을 성찰하는 것도 그런 맥락이다. 그런 세월 동안 세상은 점점 뜨겁고 건조하게 사막화하다가, 심지어 "모래 없는 사막"(p.31)의 지경에 이르렀음을 토로 한다. 세상만 그런 게 아니라 자신도 그런 게 아닌가, 순수하게 의심했다. "시작 없는 과거로부터 계속되어 온 이 대상에 대한 생각들이 모두 없어지고 순수한 진아로서만 있을 수 있다는 것이 과연 가능합니까?"(「시궁쥐와의 조우」, p.32). 어떤 경우에도 "포장된 문명에 만족"(「탄력을 위한 움직임」, p.48)할 수 없었던 시인은 거듭 세상과 나를 향한 질문을 던진다.

> 탄생의 뒷얘기 이후, 존재에 대한 물음들은
> 그때마다 내 등어리를 내려찍는
> 갈쿠리 같은 의문부호의 상처만 남길 뿐이었다.
> 나는 누구인가?
>
> 　　　　　 - 「이름 없는 뒷산」(p.76)

『저녁의 첼로』에는 일련의 '마음' 시편들이 실려 있다. 「마음의 구조」, 「마음의 형상」, 「마음의 현상」, 「마음의 起源」, 「마음의 소멸」 등은 "나는 누구인가"를 탐문하는 시적 도정에서 매우 중요한 과정을 보여준다. "虛하기 이를 데 없는 그 마음은 무엇인지// 경계를 벗어난 여여한 마음은/ 생각 밖에서/ 어떻게 구해야 하는 것인지", 이런 도저한 질문으로 시작하는 「마음의 형상」에서 시인은 존재의 형이상학적 성찰을 웅숭깊게 시도한다. 일단 형상이 없을 것 같은 마음에 구체적 형상을 부여하려 한 도전이 낯설지만 본질적으로 다가온다. "알 수 없는 나를 지탱해 온/ 의문부호 형상의 뼈들"(p.91)에서 마음은 구상화되는 동시에 거듭 추상화된다. "의문부호 형상의 뼈들"은 마음이 늘 '참 나' 내지 진정한 존재를 갈구하는 의문부호의 형상 같다고 직유하면서도, 그것이 의문부호 형상인 것은 "알 수 없는 나를 지탱해"왔고 또 앞으로도 지탱할 것이라고 추론하게 하는 것으로 구상화를 돌연 무상하게 한다. 요컨대 "의문부호 형상의 뼈들"은 잠시의 구상으로 추상의 심연을 더욱 깊게 하는 시적 기제라 할 것이다.

"생각은 그야말로 한때 일어난/ 부질없는 생각에 지나지 않았다"(「마음의 起源」, p.95) 같은 성찰적 진술이나, "無氣力이 갖고 있는 힘찬 기운"(「마음의 소멸」, p.96) 같은 역설의 수사학도 인상적이지만, 나를 찾는 것이 남을 탐문하고 세계에 물음을 던지는 것과 다른 것이 아님을 현묘하게 묘출한다. "그냥 아무 생각도 없이/ 아무런 죄의식, 생명에 대한 어떤 경이로움도/ 걸림도 없이/ 無心하게/ 내 손으로 잡아죽인"(「마음의 소멸」, pp.96~97) 개미, 귀뚜라미, 파리 등을 떠올리며 예전에 공룡이 멸종했던 시기에 대한 성찰로 추론해 나가는 것도 그런 시적 인식에 텃밭을 둔 결과다. 시인의 깊은 성찰은 「눈 내리는 날 나는 누구인가」 같은 빼어난 시로 증거된다. 일상의 범상한 경험을 비범한 통찰의 계기로 승화하고 있기 때문이다.

눈 내리는 날 밤 '너'가 찾아와 문 앞에서 신발을 털며 고즈넉이 말을 건넨다. "있니?" 이 말이 중의적이다. 지금이야 미리 스마트폰으로 연락하니까 이런 일이 드물지만, 1990년대 초반은 눈 내리는 날, 우정 친구의 방을 찾아 문을 두드리는 경우가 적잖았다. 일상적으로 흔히 있을 수 있는 일이라는 얘기다. '너'는 그냥 시인이 방에 있는지 확인하는 질문을 한 것일 수도 있다. 그러나 그 평범한 질문이 시인에게는 다른 차원으로 도약한다.

있니?
나를 찾아왔던가?
    ·
    ·
    ·
나?

　　　　　　 - 「눈 내리는 날 나는 누구인가」(p.104)

"있니?"라는 질문은 너의 몸이 지금 여기 있느냐는 일차적인 의미를 넘어서 너 안에 진정한 너가 있느냐는 물음으로 승화되며 그 함축이 깊어진다. 마지막 행이 "나?"라는 의문부호로 열릴 수밖에 없는 사연도 그 때문이다. 너는 나를 찾아왔지만, 나는 어디에 있는지 어떻게 알 수 있단 말인가? 그러니 의문형일 수밖에.

나를 제대로 알기 어렵기에 사막을 거슬러 숲으로, 숲속으로 더 깊숙이 들어간 오랑우탄-시인 최계선은 『동물시편』(2017), 『은둔자들: 동물시편II』(2021), 『열마리곰: 동물시편III』(2021)을 펴냈다. 「마음의 소멸」에서 보인 반성적 성찰도 한몫했으리라. 이 '동물시편'들은 인간 중심주의를 넘어서 공평한 우주의 존재자로 더불어 살아가기 위한 실천적 기획의 일환으로 보인다. 특히 이 기획은 멸종위기 시대에 시인이 어떻게 시적 정의를 추구할 것인가와 관련해서도 의미심장한 시사점을 제공한다.

『은둔자들: 동물시편II』의 <시인의 말>이 일목요연하다. "화석연료를 지나치게 사용하는 문명으로 인해 지구의 모든 생명들이 빠르게 화석화되어가고 있습니다. 탄소발자국을 줄이고 멸종으로부터 녹색 장벽을 쌓아야겠습니다. 아직은 살아 계신 대자연의 스승들을 이곳에 모시고 이야기 나눕니다."(『은둔자들: 동물시편II』, 강, p.5) 진정한 자연의 순례자만이 교감하고 대화할 수 있는 시적 몽상이 참으로 어지간하다. "물物 속에서/ 욕欲의 갈증에 시달리는" 시대를 넘어서 "다른 세계의 문"(「굴절」)

을 열고 들어간 오랑우탄-시인이기에 가능했던 동물시편이었다.

『롱고롱고 숲』1부의 마지막 시편인 「구름책」은 숲속의 오랑우탄이 아니고는 불가능할 절창이다. 오랑우탄-시인의 극적인 경지를 선사한다.

> 나무의 무성한 잎 틈바구니로
> 하늘 올려다보면
> 나무의 수많은 가르침이 상형문자로 적힌
> 구름책
> 만날 수 있다
>
> 하늘 가장 앞자리에 자리 잡은 거미가
> 바람이 넘기는 책갈피 한 장
> 한 장
> 다리 뻗고 읽고 있다
>   - 「구름책」 전문

이 구름책에 대해서는 군말이 필요 없다. 아니 군말이나 덧말은 이 시에 대한 모독이 될 수도 있겠다. 겸허하게 구름책 읽기에 거미처럼 동참하는 게 제일 좋다. 이 구름책은 오로지 숲에서만 감각할 수 있고, 읽을 수 있

고, 읽으면서 탄력적으로 새로 쓰는 텍스트다. 생명 있는 모든 존재가 서로 인연을 주고받으며 역동적인 형상을 만들고 이야기를 짓는 텍스트, 그런 구름책 읽기를 통해 숲속의 오랑우탄은 하늘의 구름과 만난다. 하늘과 땅의 기운이 이어진다. 그 기운으로 꽃연을 날리기도 한다. "연꽃 줄기 꺾으면/ 그 안에서/ 실 나온다// 실 길게 이으면/ 연 날릴 수도 있겠다// 꽃연이 되겠지"(「꽃연 날리다」). '연꽃' 줄기에서 나오는 실로 '꽃연'을 날릴 수 있겠다는 발상 또한 숲속의 스승들로부터 혹은 구름책으로부터 배운 감각일 터이다. 시인은 그저 숲의 순리를 따라가려 할 따름이다. 작은 텃밭에서 돌을 고르면서 '무지개의 받침돌'이라고 직관한 투시안도 놀랍지만 "쟁기가 가는 대로/ 나는 따라가리라"(「무지개의 받침돌」)는 허허로움이 더 놀랍다. 그리하여 마침내 「따라간다」의 경지를 보여준다.

물 길으러
뒷산 계곡
숲길 간다

샘으로 가는 이 길은
사람이 낸 게 아니다

샘을 찾은 것도
내가 아니다

숲의 주인들이 오가며 들르던
옹달샘
숲길을
나는 따라갈 뿐이다
- 「따라간다」 전문

　누구나 앞서가기를 강조하는 경쟁 일변도의 세상에서 따라가기를 전경화하는 것은 그가 오롯한 오랑우탄-시인인 덕분이다. 대자연 속에서 겸손의 미학을 그야말로 자연스럽게 펼친다. 자연의 순리를 따르지 않고 거슬러 지배하고자 할 때 얼마나 많은 폭력과 만행이 자행되었던가. 「숲이 나를 허락한다면」 시에서 보여지듯 시인의 이 겸손의 미학이야말로 자연의 진정한 순례자로서 구름책으로부터 자연스럽게 터득한 소중한 지혜라고 할 수 있지 않을까.

3. 열매행성을 위한 롱고롱고 시
　『저녁의 첼로』에서도 "잎이 떨어지고/ 하늘에/ 염주알만 한 열매들만 달려 있다"(p.103)고 했던 「회화나무의 가을」을 비롯한 여러 시편에서 '열매'에 대한 관심을 보인 바 있거니와 이번 시집에서 그 관심은 더욱 곡진한 결실로 이어지는 것처럼 보인다. 2부 '열매행성'에 수록된 「수박」「참외」「옥수수」「복숭아」 등 여러 열매시편이 주목된다. 우선 「수박」을 보자. "수박은 푸름의 상징으로 열린 지구본/ 껍데기에는 한때 푸르렀던 강과 대지의 기억이 새겨져 있다"면서 잃어버린 야생의 기억을 환기하면서, "대항해 시대의 지도"를 보며 "문명의 채찍 자국"을 쓰라리게 인지한다. 또 "씨 없는 수박에는/ 과거뿐 아니라/ 미래란 것도 없다"는 성찰 또한 예리하다. 「옥수수」에서는 "옥수수 수염 한 뿌리마다에는/ 옥수수 열매한 알씩 매달려 있는 것"이라는 "강냉이 우주"를 성찰한다. 또 다른 「옥수수」 시편에서는 "물까치가 파먹다 남긴 옥수수"를 시적 자아가 먹으면서도 서운한 기색이 전혀 없다. 오히려 "나무와 땅의 누군가가 입 댄 과일은/ 맛있는 과일"이라며 즐거워한다. 또 "옥수수 한 알 심어 한 토시 열렸고/ 그중의 반 정도는 얻어먹고 있으니" 만족한다는, 그 정도만이라도 충분하다는 생각을 내비친다. 가을은 그런 계절이라고 노래한다. 이런 식으로 열매에 대한 성찰을 계속해가며 시인은 지구 행성은 물론 그 위성 또한 우주의 열매라는 의미심장한 인식을 펼친다. 「그게 한 이슬의 밤이고 아침」에서 시인은 "거미의 아침 과

일이/ 거미줄에 열린 이슬이듯// 모든 열매 안에는/ 개
울과 텃밭과 구름과 햇살의/ 만유万有가 있으니"라고 노
래한다. 그러면서 우주적 상상력으로 열매행성을 극화한
다.

> 그게 달이 되었건
> 타이탄 유로파 이오가 되었건 간에
> 위성도 한 방울의 이슬이고
> 행성 항성 은하 은하군 은하단 모두
> 포도알이니 우주의 열매들이니
> 나무에 열린 구름이니
> 방사 거미줄에 맺힌 이슬이니
> 　　　 - 「그게 한 이슬의 밤이고 아침」 4연

　은하군, 은하단 모두 '포도알'이고 '우주의 열매들'이
라 했다. 무한한 생명의 방사 그물망에 맺힌 이슬을 먹고
자란 열매들은 얼마나 영롱하고 또 소중한가. 옥수수, 참
외, 복숭아, 수박 같은 작은 식물 열매에서 은하군, 은하
단, 행성, 항성같이 큰 열매에 이르기까지, 최계선의 열매
에 대한 관심은 광활하게 펼쳐져 있다. 그런데 그런 열매
행성들의 운행 원리를 제대로 파악하기는 쉽지 않다. 혼
돈(chaos)과 질서(cosmos)가 얽히고설킨 혼돈 속의 질

서(chaosmos)에 가깝기 때문이다. 한마디로 헤아리기 쉽지 않은 열매 안의 속사정이 많다. 해독되지 않고 풀리기 어려운 진실도 수두룩하다. 시인이 이스터섬의 롱고롱고 문자에 관심을 기울이는 것도 열매행성의 운명과 관련된 깊은 진실 때문이다. 그 관심의 열매인 「롱고롱고 시」는 이렇다.

　　이 세상 어떤 문자와도 상관관계가 없는 상형문자
　　이스터섬에서 사용했다고 추정되는 문자
　　로제타석과도 같은 원주민들의 전멸로 끝내 해독되지 않은 문자
　　'우리들의 말은 잊히고 아무도 읽을 수 없게 될 것이다' 예언이 남겨졌다는 목판 문자
　　롱고롱고 문자

　　　모든 새들이 물고기와 교미했네
　　　그리고 그곳에서 해가 태어났네

　　만물 창조의 노래가 적혔다는 지팡이
　　해석이 맞는지 아닌지도 알 수 없고
　　아무도

아무것도
아는 것이 없는
(이 얼마나 근사한가)
롱고롱고 문자

무지의 경지
백치의 백지
불가지의 신비여

산호로 만들어진 퀭한 눈의 모아이 석상
눈은 가루되어 날리고
이스터섬에 살던 모아이인들
볼 수 없어
읽을 수 없는
                -「롱고롱고 시」전문

   앞에서도 언급했다시피 이스터섬에서 사용했던 것으로 추정되는 롱고롱고 문자를 해독할 방도는 없다. "만물 창조의 노래"는 전형적으로 카오스모스의 서사에 속한다. 하늘의 새와 물속의 물고기가 교미하여 해가 태어났다는 이 창조설화에서 해도 열매인 셈이지만, 이 역시 맞는 해석인지 알 길 없다고 물러선다. 「롱고롱고 시」에서 전경화되는 것은 "무지의 경지", "불가지의 신비"다. 시인은 "아무도/ 아무것도/ 아는 것이 없는" 상태가 "이 얼마나 근사한가"라며 영탄한다. 이런 "무지의 경지", "불가지의 신비"에 대한 관심은 「되돌아가지 않은 발자국」을 비롯한 다른 시편에서도 산견된다. 눈밭에서 세 발자국 네 발자국 새들의 설형문자를 보면서 시인은 "외계의 문자들"에 담긴 전언이 "한 번 들으면 잊힐 리 없는 음산한 예언이라면/ 해독되지 않는 것도 좋으리라"라고 말한다. 이런 의견 이전에 양태는 읽을 수 없다는 무지의 경지다. "저 깃털 없는 눈밭의 난해한 주석서를/ 읽을 길이 없다"는 모양으로 무지의 경지를 심화한다.

서로 다른 시간대에서 방문했을지도 모를 여러 발자국이
한 곳에서 어울릴 수 있는지도 **알 수 없다**

눈 덮인 길도 알 길 없고
되돌아가지 않은 뒤엉킨 발자국들이 녹아내리면
어디 하늘로
어디 땅속으로 날아갈지
그 또한 **알 길이 없다**

아는 것 아무것도 없는데

알 길도 없다

> ―「되돌아가지 않은 발자국」3~5연
> (진한 글씨는 인용자에 의함)

이처럼 '알 수 없다', '알 길이 없다'가 계속 반복되며 그 심상을 강화한다. 이 무지의 경지는 최계선 특유의 겸손의 미학으로 수렴된다. '안다', '알 수 있다'라는 이런저런 지식과 정보가 과학기술혁명을 일으키며 강력한 자본으로 인식되는 마당에 계속 '알 수 없다'며 허리 숙이는 이 시인은 누구인가. 왜, 무엇 때문에 그렇게 겸손하게 세상과 우주의 열매들을 공경하는가. 아마도 '작은 사람'에 대한 반성적 성찰의 도정이 아닐까 싶다. 인간을 일러 만물의 영장이라고 했던 허위적 인간 중심주의를 반성하고, 인간이야말로 도끼 같은 도구를 사용하지 않았더라면 늑대 한 마리와도 제대로 대결하기 어려운 작고 나약한 존재임을 강조하고 싶었던 듯싶다. 그런데 인간들은 지구 행성을 장악하면서 너무나도 '큰 인간' 행세를 하며 다른 생명체들에게 얼마나 가혹한 행동을 많이 했던가. 마침내 생물다양성 위기와 멸종위협, 나아가 공멸의 위기에 처하게 된 바, 발본적 성찰을 위해서는 '작은 인간'으로 돌아가 야생의 기억을 회복하고 공생의 윤리를 실

천해야 한다고 생각하는 것 같다. 그래서 오랑우탄-시인은 자연의 순례자가 되어 겸손하게 '롱고롱고 시'를 짓는다. 그것은 열매행성을 위한 시다. 그리고 행성의 모든 열매를 진심으로 아끼는 찬가다.

4. 돌연사박물관과 절멸위기

그렇지만 '작은 사람'의 '큰 인간' 행세는 좀처럼 멈출 줄 모른다. 욕망 탓이다. 더 많이, 더 크게, 더 빨리, 더, 더, 더…… 「탑을 무너뜨리다」는 그런 욕망의 풍경에 경종을 울리는 시편이다. 계곡이나 산 등 사람들이 많이 다니는 곳에서 우리는 흔히 수많은 소망탑을 본다. "돌들을 올려 쌓은/ 저 많은 소망의 계단들"을 보며 시인은 "여기서 절망은 뭘 해야 할지"라고 묻는다. 절망을 도외시한 채 소망만을 좇는 것 또한 진실에서 비켜난 것 아닐까 하는 생각이다. 어쨌거나 이 소망탑을 보면서 시인은 두 가지를 발견하고 질문한다. 하나는 그 돌들이 "땅속 누군가에게는/ 한 가족의 지붕이고/ 더 바랄 것 없는 구름인데" 인간이 마음대로 함부로 위치 이동을 하는 것에 대한 이의제기다. 돌의 자리, 돌의 생명, 돌의 쓸모를 돌에 비추지 않고 인간 마음대로 함부로 할 수는 없지 않겠느냐는 반성이다. 둘은 새로운 소망이 앞선 소망을 억누르는 것은 곤란하지 않겠느냐는 의문이다. "앞선 소망의 어깨를 밟고 올라서며/ 하늘로/ 하늘로만 걸어간다"는 구절이 인상적인 것은 그 때문이다. 누구나 이렇다 할 자의식 없이 돌을 주워 가장 높은 자리에 자기 돌을 올리고 소망을 빈다. 그 아래 이전에 소망을 빌었던 타인의 돌은 이제 그 어깨를 새로운 돌에 내줘야 한다. 시인은 돌이 원래 땅에 가깝게 바람 따라 수평 이동하는 존재일 터인데, 작은 사람의 큰 욕망에 의해 하늘로의 수직 상승 이동을 하게 되었는데, 이것은 돌의 의지가 아니라고 분명히 한다.

작은 사람의 큰 욕망은 멸종의 풍경으로 인도한다. 「꿩 먹고 알 먹으면」에서 "횡재橫財는 횡재橫災를 낳고" 그러는 바람에 숲은 잿더미가 되고 말았음을 환기한다. "낳고/ 품을/ 꿩도/ 알도/ 없다/ 다". 짧지만 극명한 함축성을 보인 시다. 인간이 욕심을 부려 꿩도 먹고 알도 먹고 그렇게 다 먹고 나면 낳고 품을 꿩도 알도 없을 것이라는 전언은 이스터섬에서 마지막 나무를 베던 무렵의 풍경을 떠올리게 한다. 그런 잿더미 숲에서라면 생명을 되살릴 불씨마저 사위고 말았을 것이라는 전언은 그야말로 묵시적이다.

"자연사박물관에/ 자연사한 동물은 없다"는 선언적 메시지로 시작하는 「돌연사박물관」이 주목되는 것도 이런 맥락에서다. 그도 그럴 것이 "자연사한 동물은/ 자연사박물관으로 오지 않"거나 올 수 없기 때문이다. 그러니 거기에 있는 것은 인간 "수렵의 역사" 그대로다. "목에 가랑가랑 달라붙은 숨/ 목숨은 방부처리 되었고/ 느닷없이 죽은 모피를 걸친 인형들은/ 박물관으로 호송되었다// 눈을 부릅뜨고 잠든 박제들은/ 천적관계도 가족관계도 없이/ 한 지붕 아래서 어울려 지낸다". 자연사박물관에만 돌연사가 있는 게 아니다. 아마존 열대림을 비롯한 지구 행성 도처에서 각종 동물과 식물의 돌연사가 진행되고 있다. 그런 위기 상황을 성찰하면서 시인은 멸종위협에서 절멸위기까지 「멸종의 역피라미드」를 그려 보인다.

멸종위협(NT)
독수리 뱀상어 수달 재규어 아메리카들소 갈기늑대큰바다사자 안경원숭이 황소상어 히말라야독수리 청새치 모래고양이 아프리카표범 수염수리

멸종취약(VU)
눈표범 눈다랑어 바다이구아나 백상아리 북극곰 참수리 사자 향유고래 판다 흰올빼미 북방물개 넓적부리황새

멸종위기(EN)
대왕쥐가오리 호랑이 남방참다랑어 두루미 고래상어 저어새 갈라파고스펭귄

멸종위급(CR)
침팬지 붉은늑대 천산갑 아무르표범

절멸위기
인류

단일종으로써

폭발적으로 지구를 덮었고

폭력적으로 지구를 깨트린

인류는

이제 곧 한 방에 훅 날아갈

절멸위기에 처했다

개체수 부족 때문이 아니라

과잉포화

탐욕

무지 때문이다

-「멸종의 역피라미드」전문

　지금까지 지구 생명의 역사에서 있었던 다섯 차례의 대멸종(mass extinction)은 대개 화산 폭발이나 지진, 운석 충돌 등 거대한 천재지변에 의해 이루어진 것으로 보고된다. 그런데 여섯 번째 대멸종은 호모 사피엔스라는 단일종에 의해 현실화할 가능성이 높다는 예측이 많다. 어쩌면 여섯 번째 결정적 대멸종 이전이라도 인류에 의해 멸종위협, 멸종취약, 멸종위기, 멸종위급 상태에 놓인 다른 생물종들의 위험 정도에 비해 인류의 절멸위기가 더욱 큰 것도 사실이다. 이런 위기 상황을 역피라미드로 도상화하면서 메시지를 분명히 한다. 그러면서 그 절멸위기의 원인으로 과잉 탐욕을 지목한다. "수의壽衣에는 주머니가 없”(「수의에는 주머니가 없다」)음에도 불구하고 끊임없이 이런저런 주머니를 채우려고 하는 욕심, 멈추지 못하는 거대한 욕망, 그 폭력적 탐욕의 가속도를 줄이고 멈추지 않는 한 지구 전체가 '돌연사박물관'이 될 것이라는 시인의 전언은 서늘하다 못해 무시무시하다. 어떻게 이런 멸종의 역피라미드 상황으로부터 벗어날 수 있을까? 혹은 돌연사박물관을 줄일 수 있을까? 사라진 롱고롱고 숲에서 잃어버린 야생의 기억을 어떻게 회복할 수 있을까? 이런 고뇌들이 이 시집 전편에 스미고 짜여 있다.

5. 우주의 비듬과 천상의 나비들

이 시집을 여는 첫 시 「숲에서 숲속으로」에서 시인은 "내가 무얼 찾고 있는지는/ 나도 잘 모르겠네"라고 고백한다. 「꽃을 흘리다」에서는 "바람도 굳이 어디로 가기 위해 부는 것도 아니니"라고 되뇐다. 이런 무목적의 목적성이야말로 자연의 순례자가 지닌 미덕에 속할 터이다. 굳이 뭔가 목적을 두지 않고 바람처럼 물결처럼 떠돌며 세상의 이치에 숨결을 함께하는 오랑우탄-시인이 보기에, 인간이 탐욕을 줄이면 상당한 정도로 충분(enough)의 윤리 지평을 열 수 있고 나아가 절멸의 위기를 줄일 수도 있다. 이를 위해서는 큰 것 콤플렉스로부터 우선 벗어날 수 있어야 한다. '작은 것이 아름답다'는 진리 지평을 응시할 필요가 있고, 작은 것에 깃든 철리를 헤아릴 수 있는 예지가 요구된다. "이 모든 오고감의 시작"이나 "이 모든 순례의 끝 또한" "모래알 하나"라는 인식을 이끌어 낸 「순례의 본산」을 보더라도 그렇다. "한 알의 모래에서 세계를 보고/ 한 송이 들꽃에서 천국을 보라"라고 했던 영국 시인 윌리엄 블레이크의 「순수의 전조」를 떠올리게 하는 이 시에서 순례 길 전체와 모래알 하나는 거의 등가를 형성한다. 아니 모래알 하나에 그 모든 과정이 농축되어 있음을 성찰하고 있는데, 그런 인식은 「비듬」에서도 나타난다. "나를 떠난 한때의 나였던 먼지들—어깨 위에 떨어진 기억들, 뽑혀 나간 머리카락의 망념妄念들, 한가로이 깎인 손톱들—그 모든 내 비듬들"을 통해 나를 성찰하려는 의지가 상당하다. 그 비듬들은 단순히 사라지는 것이 아니라 우주의 다른 에너지로 변환되어 나를 되비추는 각별한 거울이 된다. 그야말로 우주의 비듬이다. 그 거울과의 대화를 통해 시인은 이런 인식을 이끌어낸다. "연기緣起에 따라 나는 나를 죽이면서 아무렇지도 않게 다시 태어난다 진리가 그렇듯 내가 나를 모르겠는 것은 자연스럽다".

우주의 비듬들은 종종 천상의 나비들로 비상하기도 한다. 「천상의 나비들」은 하늘에서 내리는 눈을 보면서

생명의 다양성을 묘사한 시다. "눈은/ 눈처럼/ 똑같이
생긴 눈이/ 하나도 없다"는 각별한 감각부터 인상적이
거니와, 저마다 제 생명으로 살아 "순수 무색의 눈발"의
풍경을 포착하는 인식안이 눈부시다.

> 없는 것도 없이는 아무것도 없는 것이고
> 없는 것 없이는 아무거나 다 있는 것이니까
> 그러니까 햇빛 날개 들추며
> 지상의 축복으로 새롭게 내려앉는
> 똑같은 것도 없는 눈은
> 없는 것도 없는 눈은
> 모든 한 생명의
> 천상의 나비들
>   - 「천상의 나비들」 4연

　시인은 부정의 부정을 통해 불능과 무한 사이의 광대
한 스펙트럼을 조망하면서 "모든 한 생명의/ 천상의 나
비들"의 풍경첩을 독자에게 선사한다. "순수 무색의 눈
발"은 단순히 하늘에서 땅으로 하강하는 물질이 아니다.
"지상의 축복" 속에서 "천상의 나비들"이 된다. 눈의 하
강 운동을 미분하면서 하늘에서 날갯짓하는 나비의 춤
으로 점묘하는 기술 또한 "구름책"이 주관하는 시창작교

실에서 오랑우탄-시인이 익힌 게 아닐까 짐작한다. "향기의 숲"에서 "천지의 발아發芽", 그러니까 "세상의 고운 색들 모두 모아 터트리며" 물들이는 야생의 풍경을 점묘한 「헛꽃」의 상상력 또한 그럴 터이다. 반복이 되겠지만, "구름책"의 시창작교실에서 시적 주체는 한없이 겸손하고 허허로워야 한다. 읽을 수 없고, 감각할 수 없고, 알 수 없는 것이 참으로 많다는 사실을 겸허하게 받아들이면서 끊임없이 진정한 자연의 순례자로서 나의 참모습에 다가가려는 수행적 노력이 필요하다. 진아(眞我)는 없거나 모르겠는 것이기에 부단히 거기로 가까이 가려는 각고의 발원과 추구가 긴요하다.

이 시집의 3부 '달마를 마중하다'에 실린 시편들은 『저녁의 첼로』의 마음 시편들 계보에서 함께 읽으면 더 좋겠다. 마음을 얻기 위해서는 우선 마음을 버려야 하는 것일까. 시인은 숲속에서 대자연의 리듬에 온몸과 마음을 맡긴다. 따라간다.

이슬걷이 풀밭 거닐다
대자연의 미소에 홀려
까르르륵~ 길 잃었는데
걱정이 없다
혹시

걱정도 잃어버렸을까?

- 「그 미소에 길을 잃다」 전문

이 시집『롱고롱고 숲』을 닫는 끝 시 「그 미소에 길을
잃다」에서 시인은 대자연의 미소에 홀려 길을 잃었는데
도 걱정이 없다고 했다. "걱정도 잃어버렸을까?" 그러면
서 해탈의 경지에 가까이 가려는 것일까, 우리의 오랑우
탄-시인은? 길을 잃음으로써 길을 얻은 것일까, 역설적
으로? 여섯 번째 대멸종의 위기를 성찰하고자 시인은 숲
에서 숲속으로 더 깊이 들어갔다. 거기서 대자연의 순례
자가 되어 "구름책"의 시창작교실에 동참했다. 그것은
야생의 풍경이 되는 것이기도 했고, 그러면서 오래된 야
생의 기억을 환기하는 것이기도 했다.

한편으로는 공포와 불안과 걱정을 그로테스크하게 극
화하면서 지구 살림을 위한 책임의 윤리를 제안하기도
하고, 다른 한편에서는 충분과 겸손의 미학으로 승화하
기도 했다. 아니 어쩌면 극화니 승화니 하는 말도 필요
없다. 그냥 아무 생각 없이, 생각을 계속 비우면서, 나 중
심이나 인간 중심에서 벗어나 오롯한 숲속 우주의 감각
을 구름책의 도움을 받아 옮겨놓은 것이라고 말하는 게
더 정확할지도 모르겠다.

"구름책"을 따라 "천상의 나비들"의 날갯짓을 공경하

는 겸손한 시인, 한없이 자유롭지만 누구보다도 공존과 공생의 윤리에 충실한 오랑우탄-시인,『롱고롱고 숲』을 읽으면서, 우리는 그런 생태시인의 초상을 그려볼 수 있겠다.